艾伦和琳达·安德森 [美] 著
Allen & Linda Anderson

刘旭妍 汪玉兰 译

天使狗狗 的使命

DIVINE MESSENGERS IN SERVICE TO ALL LIFE
ANGEL DOGS WITH A MISSION

海天出版社（中国·深圳）

图书在版编目（CIP）数据

天使狗狗的使命 /（美）艾伦，琳达著；刘旭妍，汪玉兰译. —深圳：海天出版社，2014.9
ISBN 978-7-5507-1032-0

Ⅰ.①天… Ⅱ.①艾… ②琳… ③刘… ④汪… Ⅲ.①故事—作品集—美国—现代 Ⅳ.①I712.45

中国版本图书馆CIP数据核字（2014）第061636号
版权登记号：图字19-2014-040号

天使狗狗的使命
TIANSHI GOUGOU DE SHIMING

出 品 人	陈新亮
责任编辑	杨月进　廖 译
责任技编	梁立新
装帧设计	深圳斯迈德设计 Smart 0755-83144228

出版发行	海天出版社
地　　址	深圳市彩田南路海天大厦（518033）
网　　址	www.htph.com.cn
订购电话	0755-83460293（批发）0755-83460397（邮购）
印　　刷	深圳市希望印务有限公司
开　　本	889mm×1194mm　1/32
印　　张	7
字　　数	137千
版　　次	2014年9月第1版
印　　次	2014年9月第1次
定　　价	32.00元

海天版图书版权所有，侵权必究。
海天版图书凡有印装质量问题，请随时向承印厂调换。

投稿人简介

1 服务协助的使命

罗宾·希格斯《神奇的搜救犬基诺》：

罗宾是英属哥伦比亚诺基山脉弗尼高山度假胜地运营经理（www.skifernie.com）。他曾与爱犬基诺参加了雪地搜救犬培训班，同时还是加拿大雪崩救援犬协会（CARDA）的高级注册驯犬师。罗宾致力于呼吁广大民众为搜救犬募捐资金和保暖物资，为推广培训雪地搜救犬不懈努力。（www.carda.bc.ca）

博妮塔·M·伯金博士《令我赞叹不已的神奇狗狗》：

1975年博妮塔（博妮）开创了训练服务犬帮助残疾人起居的全新理念。1978年她创立了训导狗狗来帮助残疾人起居的非盈利机构——伴侣犬协会（CCI）。1991年，她成立了服务犬协会（ADI），主要工作是指导学员们正确训练服务犬，并为服务犬找到需要帮助的残疾人。博妮塔著有《Bonnie Bergin's Guide to Bringing Out the Best in Your Dog》（New York:Little,Brown and Company,2006）和《Teach Your Dog to Read》（New York:Broadway Books,1995）。伯金博士曾荣获

奥普拉·温弗瑞的"生命奖"和保护残疾人权利个人成就奖。欲知更多详情，欢迎登录www.assistancedog.org。

凯莉·诺斯哈迪《服务犬阿卜杜尔的成长史》：

凯莉致力于研究小动物行为和培训宠物辅助能力已有30年，曾在博妮塔·M·伯金博士创建的伴侣犬协会（CCI）工作长达15年。她搬到了俄勒冈斯科特米尔斯的一家牧场后成立了自适应骑马协会（www.adaptiveridinginstitute.org），主要是帮助不能行走的残疾人能够适应骑马，她还负责运营骑士联盟（www.companioncavalier.com）。尽管凯莉患有先天性肌肉萎缩，但在家人和服务犬的帮助下，她能够顺利地完成学业，成家立业并抚养了侄子沙昂。

2 鼓舞激励的使命

谢里夫·丹·麦克莱恩《世界上最袖珍的警犬》：

丹是俄亥俄州吉奥格县警察局局长，与妻子和两条家犬米琪、巴菲一同生活，联系方式：DMcClelland@co.geauga.oh.us。

兽医学博士E·J·福纳克《爱画画的马文》：

福纳克博士是罗德岛动物保护协会会长，收养身有残疾的拉布拉多犬马文，并带它走访了多家医院、养老院和学校等等，向人们传递了充满

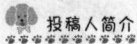

正能量的精神食粮。欲知更多详情，欢迎登录www.marvinfund.org；www.rispca.com。

丽萨·拉弗迪尔《问题少年与伤病狗狗》：

丽萨于1997年在威斯康星州星星大草原成立了"生命之家"小动物庇护所，在明尼苏达州斯蒂尔沃特有专属办公场所。生命之家中收留的小动物获得治疗犬认证后可以参加宠物和平队，走访养老院、医院及妇女收容所等机构。详情请见www.homelife.org。少管中心"重塑计划"详情请见www.co.ramsey.mn.us/cc/boys_totem_town.htm。

莎拉·R·阿特拉斯《归零地的听风者安娜》：

莎拉是新泽西州城市搜救队专门工作1组成员，目前与搜救犬坦戈、伴侣犬凯莉、治疗犬莎扎一同生活。莎拉和搜救犬安娜的故事被收录在诺娜·基尔戈·鲍恩专著《Dog Heroes of September 11th: A Tribute to America's Search and Rescue Dogs》（Allenhurst, NJ: Kennel Club books, 2006），他们还曾是《琳恩·多伊尔在线》的特邀嘉宾。莎拉成立了非盈利机构——搜救犬基金会，详情请见www.sardogfoundation.org。

3 安慰治疗的使命

黛·汤普森《天使之眼》：

黛·汤普森与丈夫丹居住在首都华盛顿南部的弗雷德里克斯堡长达25年。近二十年来，黛主要从事的是半自由职业的图形艺术家，丹是益合实业有限公司零售部副总。黛还是教堂唱诗班成员，也会为婚礼和其他一些庆典活动献唱。他们抚养了两只蝴蝶犬兹普和小比特，以及从收容所领养了一只马恩岛猫，名叫安娜贝尔。黛不仅喜爱小动物，而且非常尊重它们。

盖尔·C·帕克《祈祷吧，雷尼盖特》：

盖尔从小就钟情于各种各样的小动物，以至于她的祖母还曾勒令她不许养蛇。盖尔热爱阅读写作，一直梦想成为犬类杂志主编。她现在养了第四条塞特犬凯迪和四只猫咪，都是来自收容所。她的丈夫卡尔始终支持着她。他们居住在费城的一个老社区中，邻里关系十分融洽。

卡拉·萝丝博士《我的哀伤辅导搭档——塔夫》：

卡拉是一位来自波士顿的哀伤辅导治疗师，她与犬搭档塔夫一起为经历了灾难后的人们在第一时间进行哀伤辅导。他们是山间动物治疗协会ITA（Inermountain Therapy Animals）的注册会员，同时还是马萨诸塞州危机事件压力管理（CISM）人犬医疗小组成员。塔夫在3年时间里囊获嘉奖不胜枚举，其中包括2007年顶级宠物征文大赛冠军。幼犬时期的塔夫就荣登了《波士顿环球报》的头版头条，ABC下属的波士顿电台及报刊和德国一家报刊都相继报道了卡拉和塔夫在弗吉尼亚理工大学惨案的事后工作。欲知更多关于卡拉和塔夫的故事，敬请登录www.pawsitive-recovry.com。

玛利亚·富里安泽·里奥斯《嗅癌犬科比》：

玛利亚在加利福尼亚圣地亚哥的卢卡斯影业工作了三十年，是许可证部门的高级会计主管，授权制作了星球大战和夺宝奇兵的各类周边产品。业余时间玛利亚还是菲律宾民间舞蹈协会成员，参加过全球巡演。她和丈夫理查德·里奥斯在收容所领养一只混血拉布拉多约吉。欲知更多关于嗅癌犬科比和松树街基金会的事项就请登录www.pinestreetfoundation.org。

4 防暴护卫的使命

美国空军克里斯托弗P·科波拉中校《战地军犬》：

克里斯托弗是一名部队外科医生，曾两次被派往伊拉克巴拉德空军战区医院。在支持伊拉克民主自由战争中，他见证了无数机智勇敢的军犬小分队。他的妻子梅瑞狄斯·科波拉将他的信整理成《Made a

Difference for That One:A Surgeon's Letters Home from Iraq》一书并出版,详情请见www.iUniveres.com。科波拉医生会定期在自己的博客www.MadeaDifference.blogspot.com更新日志。目前科波拉一家五口,外加一只贵宾犬洛奇以及16岁的猫咪科兹莫生活在德州。

瑞贝卡·克拉涅斯《救命恩人是狗妈妈》:

本故事最早刊登于2006年7月14日的Petwarmers,详见www.heartwarmers.com。瑞贝卡与丈夫还有他们的导盲犬现居于明尼苏达州明尼阿波利斯市。她是一位钢琴家、古典乐作曲家,录制发布了4张CD。她的第三张专辑Surrender的创作灵感正是来源于她的三只导盲犬——塔纳、雪莉和温妮。同时她还是明尼苏达州多家导盲犬协会会员,致力于金毛导盲犬的志愿者服务。瑞贝卡官网地址www.rebeccak.com。

安娜和纽曼·巴特斯《天使史酷比》:

安娜和纽曼结婚7年,育有3岁的儿子赞恩。夫妻二人都是保护小动物的忠实支持者,史酷比可以说是他们养育的第一个"孩子"。纽曼经营了一家游泳池公司,在长辈的指示下运营妥善。安娜是一名注册护士,在皮肤科工作长达6年。赞恩、史酷比和小猫雷兹都为巴斯特家庭的幸福美好贡献自己的一份力量。

投稿人简介

格洛里亚·巴维尔《以假乱真》：

格洛里亚在萨斯卡通河经营牧场和旅社，这里风景优美，气候宜人，详情请见www.buck-a-boo-acres.com。

5 引导启迪的使命

德布·雷切尔森《我是祖姆的小伙伴》：

德布出生于日本广岛，是家族中的佼佼者，曾担任一家世界500强公司人力资源部门总监。她收养的外孙卡利是一位非常优秀的小伙子，她与丈夫大卫几十年如一日相濡以沫。

希瑟·米蒂《我的驯犬助理是只狗》：

希瑟是明尼苏达州宠物之星的驯犬师，目前和丈夫迈克以及三只狗萝拉、卡门、宾迪一同生活。小宾迪希望长大后能像姐姐萝拉一样成为希瑟的好帮手。

米纳尔·Vishal·卡瓦西瓦《印度动物治疗先锋队——库提和戈尔迪》：

卡瓦西瓦女士是一名临床心理学家，也是浦纳地区天使动物基金会（www.animalangels.org.in）创始人。她为印度动物辅助治疗的宣传推广做出了杰出贡献——在多家权威期刊发表相关论文，并邀请各界爱心

人士加入动物辅助治疗的队伍中。她的基金会主要是帮助包括智障儿童在内的残疾人通过小动物来改善病情、正常起居。她的动物辅助治疗团队主要以治疗犬为主,也包括部分猫咪、兔子和鱼。

6 带来欢乐与希望的使命

大卫·哈特维希《史基波特的旅行》:

大卫是一名来自德州昆兰的蹄铁工、牛仔和表演艺术家。继史基波特后他训练了一批狗继承史基波特的"遗志",并将所得收入捐赠给了各地的小动物收容所。目前大卫正在撰写关于史基波特的剧本,希望有朝一日能将它的故事搬上大荧幕。想知道更多关于史基波特资料影像,请登录www.skidboot.com;大卫的联系邮箱是frieds@skidboot.com

艾伦·安德森《恩人利夫》:

欢迎前往www.angelanimals.net观看更多利夫的视频。

致　谢

感谢新世界图书出版社董事乔治娅·休斯,帮助我们完成了本书的出版;

感谢市场部主任麦克·艾伦,联合出版商芒罗·玛格鲁德,我们的热心的宣传部经理莫妮可·穆伦卡普,总编辑克里斯汀·卡什曼,助理编辑乔纳森·维克曼,美工设计师唐娜·皮尔斯·迈尔斯,美术指导玛丽·安·卡斯勒,版面编辑内达尔·斯特里特以及所有新世界出版社的职员;

感谢哈罗德和乔娜·克莱姆,鼓励我们完成这本书的写作;

特别感谢所有给我们投稿的作者们,谢谢你们分享了这些感人肺腑的故事;

感谢在本书编写过程中给予我们大力帮助的:

达琳·蒙哥马利,康妮·鲍恩,海伦·威弗,玛丽·派珀牧师,玛西娅·威尔森,冯·布拉斯切以及杰夫·多森。

我们的家庭从小就培养了我们爱护动物的品格。这里尤其要感谢艾伦的母亲波比·安德森,以及琳达的母亲格特鲁德·杰克森。谢谢我们的儿子、女儿,你们是最棒的。感谢艾伦的姐姐盖

尔·Fipps和弟弟理查德·安德森及他们的家人。

特别感谢《觉醒》杂志主编达比·达维斯为我们策划了宠物专栏，以及凯西·德桑迪和莎莉·麦克哈马为我们撰写的精彩评论。

感谢我们现在的小动物编辑们：利夫、光速、暖暖和阳阳，你们是我们向目标前进的动力源泉。

目 录 CONTENTS

前　言：狗是人类爱心足迹的衍生……………………………………1
简　介：效忠于芸芸众生………………………………………………1

1　服务协助的使命

神奇的搜救犬基诺………………………罗宾·希格斯　2
令我赞叹不已的神奇狗狗………………博妮塔·M·伯金博士　13
服务犬阿卜杜尔的成长史………………凯莉·诺斯哈迪　26

2　鼓舞激励的使命

世界上最袖珍的警犬……………………谢里夫·丹·麦克莱恩　38
爱画画的马文……………………………兽医学博士E·J·福纳克　48
问题少年与伤病狗狗……………………丽萨·拉弗迪尔　61
归零地的听风者安娜……………………莎拉·R·阿特拉斯　68

3　安慰治愈的使命

天使之眼…………………………………黛·汤普森　80
祈祷吧，雷尼盖特…………………………盖尔·C·帕克　89

我的哀伤辅导搭档——塔夫 …………………… 卡拉·萝丝博士 96
嗅癌犬科比 …………………… 玛利亚·富里安泽·里奥斯 106

4　防暴护卫的使命

战地军犬 …………… 美国空军克里斯托弗P·科波拉中校 116
救命恩人是狗妈妈 …………………… 瑞贝卡·克拉涅斯 122
天使史酷比 …………………… 安娜和纽曼·巴特斯 131
以假乱真 …………………… 格洛里亚·巴维尔 137

5　引导启迪的使命

我是祖姆的小伙伴 …………………… 德布·雷切尔森 144
我的驯犬助理是只狗 …………………… 希瑟·米蒂 157
印度动物治疗先锋队——库提和戈尔迪
　　…………………… 米纳尔·Vishal·卡瓦西瓦 165

6　带来欢乐与希望的使命

史基波特的旅行 …………………… 大卫·哈特维希 174
恩人利夫 …………………… 艾伦·安德森 187
后　记 …………………………………………… 199

前　言

狗是人类爱心足迹的衍生

如果有人质疑狗与人类之间的羁绊，那么本书将告诉这些质疑者们"人犬情未了"之深，并彻底消除那些不确定的猜测。《天使狗狗的使命》以各个独立的小故事组成，向读者们展示了不同狗狗的神奇本领——它们有着辨别是非、判断当下情形以及规划未来的能力。这本暖人心房的故事书详述了狗是如何不惧任何艰难险阻，主动、无私地向人类提供爱与帮助。

大量科学研究数据显示，动物进入人类家庭或其他聚集场所（如医院、疗养院甚至监狱）后，都能够发挥一定的医疗效果，譬如降低血压、减少心理压力和孤独感。宠物犬还附加一项"遛狗"行程，保证

的使命

了主人每天的运动量。但究竟狗是如何做到激励人们克服生活困难、发掘潜能并不断超越自我的呢?

艾伦·安德森和琳达·安德森通过深入分析狗的内在品质,向世人证明人类在与狗相处过程中能够使得自身越来越优秀。这本故事书将带领我们踏上探索狗最本真的同情心及与人类的精神共鸣之旅。在这些故事中所描绘的狗与人类的互动,已经超越了单纯的本能、普通的训练和自身的个性使然。本书故事的讲述者们,事实上也包括我们所有人,通过与狗的朝夕相处,感受它们带给我们的纯真美好,激励着我们成为更好的人。人类与狗或是其它动物的亲密相处,正是人类爱心足迹的衍生。爱心虽然可以跨越种族,然而在这个人类创造的地球上却难以建立一个万物平等的和平世界。

在博妮塔·M·伯金服务犬中心担任驯犬师期间,我被中心一只名为阿卜杜尔的混血拉布拉多犬与其主人凯莉·诺斯哈代之间的亲密关系所深深吸引。邦妮和凯莉深知,如果没有阿卜杜尔的成功案例,通过训导狗来服务残疾人的想法也只能是"南柯一

梦"。早在20世纪70年代中期，关于狗通过训练能够帮助轮椅上的残障人士是个闻所未闻的新型理念。神奇的阿卜杜尔通过自己独一无二的高尚品格、爱心以及与凯莉之间的亲密沟通，将曾经的不可能变为可能，并成为全世界服务犬的训导标杆。

  在这本故事书中，可爱的狗狗们将一次又一次的不可能成功的事情变为可能，并告诉世人——它们犹如人类幸福生活的催化剂，使得我们的生活变得更加美好。从爆心投影点组织的搜救犬安娜在9·11事件中不遗余力地搜救幸存者，到丽萨·拉瓦戴尔提出的问题少年与伤残狗的互助辅导；从卡拉·罗斯博士的开心果泰夫到德布·瑞奇艾森那个会上课的神奇小子，本书全面地收录了这些可爱动物们的生活点滴。与其他媒体采访有所不同，安德森夫妇向狗的主人们提出了各式各样的有趣问题，唤起了他们记忆深处这些狗狗是如何一步一步地改变了自己生活的细节。

  作为一名专业生态学家和行为生态专家，几十年来我专注于研究动物丰富的情感世界，并着力探

析狗固定时期的情感表述行为。本书将人类与狗之间曾经难以用言语形容的情感,清晰地表述出来并揭示了狗独特的性格特征。《天使狗狗的使命》一书内容丰富,配有第一手资料图片。正如安德森夫妇所说,本书旨在向读者们展示狗美好纯洁的有爱心灵。请细细地品味、传阅这本书,并将这些可爱狗狗的事迹告诉孩子们,我相信《天使狗狗的使命》将给你们的生活带来意外的惊喜和收获。

——马克·贝克夫

简　介

效忠于芸芸众生

但是我有诺言尚未实现。

——罗伯特·弗罗斯特

　　这看起来或许是个奇怪的简介，但请不要怀疑它的真实性。因为我们尽心地为读者，朋友，同事以及家人汇编了这本描述狗与人类之间那些触动心灵的故事。

　　1996年，我们成立了"安琪儿动物网"。在此期间许多朋友及家人一直鼓励着我们，帮助我们渡过难关。当我们在做研究、写作和推广书籍时，大家对我们的工作始终充满信心，并给予我们慷慨无私的帮助。

　　撰写《天使狗狗的使命》期间，不少了解我们的人们迟疑地问道："有何新意？"因为他们知道我们将用那些鲜为人知、感人至深

的真实故事将他们"淹没"。在结束采访整理稿件期间，我们再一次惊叹于这些狗的能力与经历，它们所展现出的才能已远远超越了科学家或是动物行为专家们的预期。

身负重任

本书中出现的狗狗，有的上过电视脱口秀，有的是影视明星，有的曾是报纸杂志的头版头条。为了避免重复的赘述，我们在采访过程中更注重于探讨这些狗狗对于生活的期望，因此本书中记录的则是它们鲜为人知的背后故事。

责任、工作、假期和目标往往是与人类相关，然而狗同样也知道如何丰富它们的生活。它们懂得无私奉献并毫无后悔及怨言，并将履行承诺作为命中注定的准则。

书中的狗狗无论是处于训导期还是繁育期，它们在服务、保护、治愈、娱乐、启发人类时，都有着自己特有的感性意识和爱心，并始终如一地执行着计划——从对口令的懵懂无知到瞬间响应，从技能的反复练习到熟能生巧，都表现出令人难以置信的专注与执着。它们对人类爱意的表达方式，无私奉献并不求回报（当然，小小的零食奖励还是能令它们兴奋不已）。对于它们而言，生命的意义远不只是闲逛溜达和晒晒太阳，它们拒绝享乐主义和放任自流。

通常，这些狗多数是家庭宠物犬，然而却需要用工作来证明自己超乎寻常的头脑和能力。但有些狗则是专门饲养并适用于工作，例如牧羊犬——多用于导盲、执法和服务残障人士。有时，狗无需人的指令能够自发地帮助其他人或狗。结束了一天的工作后，即使最训练有素、纪律严明的工作犬也能立刻变为活泼可爱的宠物犬。

令人印象深刻的是，狗在能够胜任工作前，都需要进行严格的训练方能获得就职证书；同时为了让它们有开始工作的自觉，在装扮上，它们也打扮得有模有样——从可爱宠物着装转换为戴着方巾的伙计打扮。主人们反复告诉我们，无论是多么懒散、迟钝的狗，一旦穿上了工作服立刻转变为专注认真、急于开工的小伙计。

每一本描写狗狗的书都会着重写它们的忠诚、勇敢和无条件的奉献爱。我们所描写的这些狗狗不仅仅对主人们付出了这些珍贵的品质，同时对于需要帮助的同伴和陌生人，它们同样大公无私，真正做到了"助人为乐"。

我们曾以为狗对于人类对它们的忽视、滥用和弃之不顾感到痛苦，但这些都无法阻挡它们对于人类的信任。它们俨然从信任中找到属于自己的归属感。

神圣的契约

写这本书使得我们对神圣的契约有了进一步的思考：当狗与人建立了精神上的互相信任与羁绊，那么他们的想法也必然是高度

的使命

统一的。人与动物之间的相遇相知——你可以称之为命运使然或是神的旨意，亦是以一种不可思议的方式相互学习。

在一些宗教的传统理念里，如果灵魂在轮回前相遇并互相帮助的话，那么他们将携手进入下一世。因此无论是人或是狗，生命之初万物皆有灵，前世的缘分成就了今生在一起互相扶持、不离不弃的神圣契约。以这强烈的羁绊为中心，荡漾着爱与尊重的波纹，温暖着世界、滋养着生命。

闪亮登场的狗狗

我们将非常荣幸地向大家介绍这个地球上最神奇、最具有灵性的狗狗，你会看到拯救无数生命的狗狗，给予问题少年以希望的狗狗，给患者带来欢乐的狗狗，能够成为好伙伴、好老师的狗狗。以下是这二十个真实故事的概况：

加拿大搜救犬协会成员罗宾·希格斯用两年的时间训练了一只混血拉布拉多基诺成为雪地搜救犬。长期训练有素的基诺不负众望，成功地解救了被困长达30分钟的滑雪梯操作员；

博妮塔·M·伯金博士是伴侣犬协会和看护犬协会创始人，成功训练了世界上第一只残疾人服务犬。本书收录了从未发表于任何刊物的第一位接受服务犬的残疾人凯莉·诺斯与她的服务犬阿卜杜尔之间的故事；

简介

最袖珍的警犬吉尼斯纪录保持者米琪是一只吉娃娃和猎狐犬混血儿，一直倡导俄亥俄州的孩子们远离毒品，鼓励他们积极追逐自己的梦想；

马文是罗德岛小动物保护协会收容所的流浪犬，它摇身一变成为会画画的宠物犬，它的主人福纳克拍卖了所有作品成立了马文基金用于保护宠物；

莎拉·R·阿特拉斯的爱犬安娜是第一批派往9·11现场的搜救犬，在工作中不幸肺部感染离世，其主人随后成为搜救犬驯犬师志愿者；

黛·汤普森向我们分享她的独眼治疗犬安琪儿，这篇故事也是2007年征集故事汇编时票选第一名；

塔夫，卡拉·萝丝博士的哀伤辅导犬，与博士一起顺利完成了弗吉尼亚理工大学枪击案的后续安抚工作；

科比，原本是一只家庭宠物犬，凭借自己的先天优势成为举世闻名的嗅癌犬，为人类科学进步做出了巨大贡献；

美国空军克里斯托弗P·科波拉中校与我们分享了他在伊拉克战场上看到的人犬情深；

轰动全国的威尔士柯基犬祖姆，用包容一切的心态帮助孩子们克服心理障碍，提高阅读测试水平。

库提和戈尔迪是印度首对获得国际治疗犬认证的工作犬，驯犬师Kavishwar女士也因此获得了三角社区颁布的"超越极限"奖。

　　史基波特，著名的德州蓝色赫勒犬，曾在《今夜秀》《奥普拉脱口秀》《大卫·莱特曼秀》等诸多节目中有出色表现为全世界观众带来欢乐。

　　艾伦分享了他与利夫之间感人事迹，也向所有人提出了一个常见的问题："当你收养了一只狗，最后究竟是谁救赎了谁？"

　　本书的最后包含了投稿人的相关信息。在当今一个消极、负面消息占据主导地位的社会，这些可爱的狗与人类之间的感人故事正是我们所需的正能量。本书好比一段不长不短的冥想，如果你愿意的话，希望这些故事所传递的精神能够成为你今后实现人生目标的指南针。快快加入我们，一同参加这些神奇狗狗做导游的冒险之旅吧！

1

服务协助的使命

如果你有明确的生活目标,你该为之感到庆幸,因为这是一份互利共赢的大礼。如果你有着崇高的生活目标,那么你周围的人们都会因此而有所收获。

——威廉·戴蒙

神奇的搜救犬基诺

罗宾·希格斯
加拿大英属哥伦比亚弗尼

自1979年以来,我一直从事雪地巡逻和雪崩预报工作。英属哥伦比亚的诺基山脉是世界上最负盛名的雪地户外运动所在地,但与皑皑白雪覆盖的平静表面不同,行走在山脉间却是险象环生。

加拿大每年有多达16万人死于雪崩,因此为保障登山安全、完善高效急救措施,搜救犬团队必不可少。雪崩时速有60公里到100公里每小时不等,受难者存活超过25分钟的几率仅有50%,而高达95%的受难者将会在头两个小时中身亡。

80年代中期,我认识了另一名雪地巡警苏·博伊德,她有一条非常棒的搜救犬。看着苏和她的爱犬一同工作,我不禁赞同搜救犬确实能够有效地扩大巡警的搜救范围。此后,我通过加拿大雪崩救援犬协会(CARDA)领养了一条搜救犬,并加以专业的训练。根据CARDA官网介绍,普通雪崩搜救犬能够在半小时内一片固定区域的大致搜索,而同等面积的搜索人类则需要花上一个小时。凭借狗的敏锐嗅觉,它们能够搜寻十二英尺深雪地中的生命迹象。尽管搜救进度快慢与所处环境息息相关,但把握时机依然是拯救生还者的关键因素。

幸存者——基诺

1996年,我的第一条搜救犬K2已经逐渐老去,为了能继续搜救工作,我领养了另一条幼年搜救犬,它是一窝幼崽中的幸存者,因此取名为基诺。它的妈妈是苏的搜救犬,一条纯种巧克力色的拉布拉多猎犬,而爸爸是邻居饲养的牧羊犬。这使得基诺成为极为罕见的金色拉布拉多犬,他那厚厚的皮毛远远望去常与雪地融为一体。尽管诺基山脉常年冰雪覆盖,不胜寒冷,但基诺总是友好地摆动着毛茸茸的尾巴,温暖着每个访客的心房。

基诺是只随和友善的狗狗,但却非常不喜欢被当作宠物对待。每当有人靠近时,他会友好地嗅嗅对方,但绝不会让人触碰他屁股以外的部分。这是因为他认为比起做一只受人爱抚的宠物狗,自己有着更重要的使命。

初次见到基诺时,他还只是个小不点,但如今它有了健硕的骨骼和肌肉,那坚如磐石的身躯让我对它的户外搜救能力很有信心。基诺非常喜欢在雪地里打滚儿,即使是发现个小斑点,它也会立刻

扑住。这只幼崽中的幸存者,爸爸名叫幸运,热爱着雪地的拉布拉多猎犬逐渐成长为世界上最出色的搜救犬之一。

基诺的训练与资格认定

基诺充满激情,并十分容易训练,搜救课程也跟进的很快。普通指令我只需做一次,他便能够牢牢记住。

搜救犬初级训练大约要两年时间。在此期间,狗与驯犬师必须有计划地每天安排训练课程,包括固定的阶段性测试和结果评估,以保持狗整体活跃状态处于峰值。驯犬师必须在佩戴探针和电子接收器时探寻遭遇雪崩的户外运动者,搜救人员则必须熟悉雪山构造与地形,以判断最佳搜救路径。当然,在发现遇难者后,无论是驯犬师还是搜救员都必须具备所有能够拯救遇难者的技能。

雪地搜救犬需要服从基本的命令和手势,同时要具备良好的灵活性和搜索能力,能够在驯犬师的陪同下根据遇难者的随身物品快速搜索到他们在雪崩中具体位置。搜救犬的训练课程中,驯犬师会与扮演雪崩目击者进行交谈,目击者会告诉他雪崩发生时的具体情况。我曾经与设定的目击者进行过交谈,询问了一些雪崩发生时的具体细节,但在我谈话结束前,基诺就迫不及待开始搜寻并成功找到了第一个隐藏物品。他对于自己的职责和目标有着相当清楚的认识。种种迹象表明,基诺深爱着这份工作。

另一件使我印象深刻的事是基诺曾连续不间断地工作一个小时,哪怕我命令它休息,它也依然坚持搜寻工作。这份工作,最需要的便是坚持。有的搜救犬在搜寻半小时后如果仍一无所获便会失去兴趣并停止工作,似乎在暗示:"我们下一步找什么呀?"

除了持久的工作耐性,基诺还有着一项其它搜救犬所不及的本事——独立。尽管基诺对于基本口令,例如"坐"、"停止"、"过来"、"拿来"、"卧倒"等等已经很是服从,但我也从未对它要求过的服从指令。搜救犬与牧羊犬一样,需要有自己的想法,而不是仅仅跟随主人的计划。基诺不得不从埋在深处的微弱气味判断是否存在遇难者,并计划如何营救。通常我会告诉他大致搜寻的方向,但我并不知道它是如何定位和发现目标的。它需要有自己的理由和处理问题的方式。

基诺在工作时有着一套定制的工作服,穿上制服意味着他必须在我百分之百的掌控下而不能随便乱跑。触碰它的项圈就意味着搜寻工作开始,它也明白不能再依靠主人提示而需要开始独立搜索。作为主人,我的职责是确保它的搜寻范围能够覆盖一个区域。基诺的职责是不能遗漏任何细节。

在搜索期间,主人并不希望搜救犬一直围着他们打转,而是告诉它们去搜寻更广泛的区域,从左到右扩大搜救范围。因此,搜救犬必须与主人保持一定的距离,倘若无法做到这一点,那么我们称之为"主人界限"。过于服从主人的狗狗多半是害怕因自主行动而

招惹麻烦。但雪地搜救犬却需要相当的自主行动能力。

和其他搜救犬一样，基诺睡在狗窝里。当它在我家做搜索动作时，我都时刻关注着。每次搜救课程结束，驯犬师都会与狗狗们开展"大型拔河比赛"。他们用旧T恤或者毛衣当道具与狗狗们拔河。基诺尤其喜爱我给它的新手套，它可以撕咬着玩儿。我喜欢和它打滚儿，坐着拥抱它。我常常表扬它，告诉它表现得非常棒，是只了不起的搜救犬。训练课程结束后，搜救犬们对于真枪实弹的搜救工作充满了期待。

1998年，基诺两岁时被CARDA正式任命为合格的雪地搜救犬。在训练基诺之前，我已是英属哥伦比亚应急中心的驯犬师，之后我成为CARDA的高级注册驯犬师。我曾是弗尼高山度假地滑雪巡逻队成员并担任巡逻队安全主管，同时我还拥有规范急救证书。

在我和基诺出任务时，他毫不犹豫乖乖地被绑坐在直升机里。他也从不害怕乘坐滑雪板，或者坐雪地履带车去穷乡僻壤的滑雪区域进行救援。基诺用他的态度、纪律和能力证明了它所具备成为一流雪地搜救犬的潜质。

我们在弗尼山继续了两周的搜救训练，用充满香味的羊毛毛衣作为掩埋物。我们还进行了活人搜救训练——在不告知搜救犬和驯犬师的情况下，让人藏在雪山洞中。

弗尼山的积雪厚度平均每年增加29英尺，已有三层楼的高度，并且有无数的地洞、凹槽，因此时刻保持警惕对于巡逻队来说是十分必要的。2000年12月，在度假地开张前夕，基诺和我已经为搜救工作做好了充分的准备。

基诺的第一次救援行动

基诺和我的第一次实况救援发生在弗尼高山度假胜地为滑雪者准备的安全区内，当时我们正在山的另一边进行雪崩情况监测。在度假区向公众开放前，滑雪缆车操作员必须按照指定路线进行巡逻。

21岁的赖恩·拉琴科在白通滑雪梯开始了他操作员的第一天工作。然而，他却误解了场地说明，认为若是休息时间，他可以在滑雪场随意走动而不需要按照指定的安全路线行走。夏天，拉琴科曾在弗尼做木工。几个月前，我带着基诺工作时碰巧遇见他，顺便将基诺介绍给他。拉琴科友好地向基诺伸出手，开玩笑地说道："嗨，基诺，好好闻闻，说不定你会在冬天的时候搭救我呢！"听他这么说，我们都忍不住笑了，因为搜救犬不会因为记住某个人的气味而去挖掘救援，它们已被训练来发现所有人类的气味。

的使命

在基诺营救赖恩的那个早晨，此前他所滑过的斜坡已经被雪崩摧毁。巡逻警大卫·理查德和保罗·赖特曾交叉滑过那个斜坡，看到赖恩落在身后二十英尺位置，便大声喊道："你在那儿做什么？为什么你会进入封闭区？快跟上我们，带你离开这儿！"大卫问赖恩是否带了雪崩收发器，赖恩说没有。就在大卫说"你必须和我们一起离开"时，赖恩脚下的斜坡边缘突然开裂，雷鸣一般的雪崩将他推下了悬崖。大卫快速离开了雪崩地带，两名巡逻警眼睁睁地看着赖恩被雪和湿土冲至一两百米远，很快他就消失在云雪交接处。虽然他曾努力站在雪地上，但急速掉落的雪崩将他埋在了八英尺的雪地下，斜坡底部的某处还埋着滑雪缆车。

大卫和保罗报警后，所有的巡逻警和救援人员快速赶来现场。我在收音机里听到雪崩发生的消息时十分焦虑，因为赖恩并没有携带信号接收器，这使得营救难度大大增加。在抵达事发地前，我通知人将基诺带来现场，随后跳上滑雪车以最快的速度赶到雪崩顶端，不禁为赖恩的这种非常不乐观的情况感到害怕。如果我们不能快速定位他的位置，当氧气吸光后，他将窒息而死。同时，他也有可能会被冲下山的树根或者岩石砸伤。当我抵达赖恩出事现场时，苏·博伊德和基诺的妈妈已经到了。我看到约摸有10到15个搜寻员在进行探测搜索。这本不是一个很大的区域，只有约一英亩的沉积物，但对于找到一个活人躯体，它的宽度还是一个巨大的挑战。我们开始翻动积雪使得气味上升，方便搜救犬们找到赖恩。

在我到达时，赖恩已被埋了15分钟，这些积雪很快会变成他无光和无空气的冰冻棺材。时间一点点地流逝，我在焦急地等着基诺的到来，搜救犬成了拯救他最后的希望。看到基诺远远地向我跑来，我立刻解开它的项圈，"快去搜，基诺！"

我们与其他搜救犬分头行动，基诺开始在空气和积雪中搜索气味，距离赖恩遇难已有22分钟了。我一边继续搜索一边关注着基诺，它忽然开始疯狂地刨着坚实的积雪。2分钟不到，基诺挖到了赖恩的手套，并将它从赖恩的手上扯了下来。大概是赖恩在伸手向雪地表面求救之前便失去了意识，他的头及身体埋在雪地下约一米的位置。我快速跑向基诺，从它嘴里取下手套并紧紧握住赖恩毫无生气的手。周围的搜救人员很快地加入救援，基诺也越过我的肩膀上紧张地观望。我开始尽快地往下挖，必须乘着赖恩身体机能停止前，给他快速补充氧气。挖到头部时，发现赖恩已经陷入昏迷，我大声喊道："他还活着！还有呼吸！"尽管他已面无血色，但我坚信他能挺过来。他的眼睛睁着，没有眨动，瞳孔有收缩。我不知道他的腿是否弯折在他脑后，也不知道他身体其他部分是否损伤或骨折，同时他体温也在不断下降。在做完第一轮急救时，赖恩尽管依旧昏迷但已经开始逐渐吸氧。这一刻，我悬着的心才放松下来——赖恩有救了。等我们把赖恩从雪地里挖出来时，他已经被埋近25分钟，搜救员们迅速将他抬上担架送往医院。

完美收官

　　一个令人兴奋的事实呈现在大家眼前：我们顺利完成了第一次搜救，基诺成功营救了赖恩。CARDA的训练使得我们的救援工作能够有条不紊地进行。尽管我进行了多年的培训，但从没想过面对真正的救援行动，因此我无比庆幸这次救援能顺利完成。这次的行动以赖恩从弗尼山安全转入当地医院圆满收工，他清醒后得知基诺救了他一命，因此在感谢所有驯犬师和搜救犬的同时，赖恩尤为感谢基诺。他颤抖着身躯并坚持准备回去工作，我们还是将他送回家，嘱咐他养好身体。痊愈后，他仍在弗尼山工作了很长一段时间。

　　CARDA为其认证的搜救犬能如此出色地完成第一次搜救工作感到激动不已，事实上这也是全加拿大第一起搜救犬完成救援工作的事例。为了庆祝这值得纪念的"第一次"，CARDA在市里给基诺办了个庆功宴，可惜当地餐厅不允许狗进入。因此，那天晚上大家带来了10盎司的西冷牛排，我用基诺最爱的烹饪方式处理后奖励给它。实际上，若是基诺找不到赖恩的话，那么我必然要负上全责，面对无数的质问和责备，因为我的工作就是要保证所有山上的人员安全。现在，我用了两个月的时间在广播里轮番播报基诺救人的英勇事迹，若不是基诺，我可能要面临两年的审问调查。基诺和我继续着救援工作，在第一次救援后我们也被召集去过一些其他救援，通常我们帮助搜救员定位遇难者，结果却不尽如人意。

为了报答我们营救了赖恩，他的母亲每年都会送给基诺一大块牛排，以及一瓶牙买加朗姆酒给所有的搜救队队员。

全民猎犬

在找到赖恩后的几个月里，基诺的英雄事迹成了弗尼度假地头版头条，尤其是赶上了圣诞节前夕。基诺本不清楚这些事情，不过他也不介意别人给他拍照。二月，《神奇动物》栏目组重塑营救赖恩的救援行动。他们成功地还原了当时的情景并没有刻意制造捕风捉影的炒作和随意捏造的事实。在这次重塑情景秀中，基诺一直面露异样，因为它非常清楚遇难者是否有危险。看到所有搜救人员匆匆忙忙挖着雪地，搭救出一名扮演遇难者的巡逻警时，他感到十分困惑，"为什么大家焦急地把这家伙挖出来，他没什么问题啊！"

2002年，我带着基诺飞去多伦多，参加普瑞纳动物名人堂，基诺是当选的年度优秀服务犬中唯一一只非警犬出身的狗。

基诺退休

在我工作的那片山区，我们救援队总有两条注册在编的搜救犬。我也从巡逻警升职为山区运营经理，这也就意味我将肩负更重大的责任，也同样意味着我将没有时间继续训练基诺以保持它的活跃性。每年我们还是坚持搜寻排查工作，它的整体素质还能够保留在合格标准。随着片区合格注册的搜救犬的不断增加，我决定让基诺开始享受天伦之乐。2004年，基诺退休了。

退休后的基诺给我和我的家庭带来了别样的欢乐，它成功地从工作犬转变为我们的宠物：它睡在我儿子床上，并和他一起玩拔河游戏。

在2007年圣帕特里克节，基诺走了，享年11岁半。我和儿子将基诺的骨灰装在一个木质十字架盒子中，并将它的脚印印在墓碑上。照片上基诺那毛茸茸的金色脸庞凸显出它那大而明亮的棕色眼睛，一直眺望着它深爱的雪山。基诺是一只乖巧通人性的好狗狗，我非常想念它。

基诺的成功事迹使得所有的训练变得有意义。它的一生激励着整个CARDA，我也由衷地感谢CARDA的所有成员以及德国雪崩搜救犬组织的赫米·马洛，是他们让我更加了解了基诺，正是有这些驯犬师不懈努力才能使得基诺有今天的成就。

赖恩欠基诺一个人情，我也一样。它真的是一条了不起的狗狗。

读后感

基诺特有的耐心和独立见解使得它成功营救了遇难者，那么你与生俱来实现人生价值的特性又是什么呢？

令我赞叹不已的神奇狗狗

博妮塔·M·伯金博士
加利福尼亚圣罗莎

狗不仅是通人性的动物,还与人类之间有着悠久而深远的关系,这些都激起了我研究的兴趣。谈到相关话题时,我更像是个狗狗的狂热粉丝而不是科学家。我并不想给它们下个一概而论的简单结论,因为它们同样有着积累经验的能力、同情心和强烈的责任感。我在伯金犬类研究学院任职,这是唯一一所提供犬类研究教育专科、本科及硕士学位的学院,我们正在努力使之取得正式认证。课堂中,我向学员们介绍狗与人类是如何的相似:人类与狗的基因编码重合率高达75%。我的目标是指导学生们能够给予狗狗充分发挥它们不可思议的本领的机会。我与学生们分享的这些关于狗的小故事也是我的亲身经历。

第一只服务犬，阿卜杜尔

1974年，我和丈夫吉姆结束了澳大利亚和土耳其的教学后，我开始攻读特殊教育的硕士学位。令我印象深刻的是，在我去过的一些国家里，有用驴子来帮助残疾人起居的。作为特殊教育学习的一部分，我加入了一个硕士团体共同探讨如何帮助残疾人做到自给自足。驴子作为陪护在西方国家估计难以实现，但我们可以通过训练狗做到这一点。在此之前，从未有人意识到狗能够作为残疾人的陪护。

我曾去过训练导盲犬的机构，告诉工作人员也许可以将狗训练为残疾人尤其是坐轮椅行动不便的残疾人的看护，帮助他们日常起居。然而，训练导盲犬的工作人员却告诉我这是个不切实际的想法。随后我又接触了一些普通的驯犬师，得到的也是同样的答案。70年代驯狗用的是猛拉狗链导致狗呼吸不通畅和害怕，而不是训练它们的大脑。许多人有着先入为主的观念，认为残疾人不具备驯狗的身体条件，在狗犯了错误时难以体罚它们，反而会纵容狗狗越来越不听话。最后我决定，如果实在找不着人帮我实现这个目标，那么我就自己来实现。首先，我询问了残疾人服务中心，是否有人愿意让狗作为看护。随后一位女士告诉我，她愿意尝试。

这位年轻的姑娘叫凯莉·诺斯，只有19岁却四肢瘫痪并严重营养不良。由于颈部和手臂的肌肉几乎完全萎缩，若是她的头垂到了胸口，还需要在别人的帮助下才能抬起头来。此外，她仅能手持1盎司重量的物品小范围移动，因此凯莉平时行动用的是电动轮椅。（本书随后将介绍凯莉作为第一位接受服务犬作为看护的亲身经历）

我有一条温驯漂亮的金毛名叫简达。有天，吉姆带着简达到后院散步，由于简达正处于发情期，为了不必要的麻烦，我再三叮嘱吉姆看好它。然而，吉姆从后院回来时却没带着简达，我很是惊慌地问简达去哪儿了，他说："哦，你放心，这附近没有别的狗啦。"我急忙跑到后院一看，一只拉布拉多犬正"趴"在简达身上。简达的头胎小狗出生时恰逢我和吉姆商量培训一只服务犬，因此，我们从简达的小宝宝中挑选了一只黑色的小狗。这个可爱的小家伙继承了它爸爸帅气的黑色毛发，以及妈妈乖巧温和的性格。或许正是这得天独厚的性格及聪慧，这个小家伙将会成为凯莉的好伙伴。

尽管我有各式各样的宠物狗陪伴，并且我也非常地爱护它们，但我从未学习过该如何将它们训练有素，也从未有和残疾人共事的经历。我单纯地认为，如果这只小狗与凯莉生活在一起的话，它就能够了解凯莉生活上的不便，那么一切训导工作便能顺利开展。

然而，且不说训导一只小狗不是个容易事儿，凯莉的看护也非常反对她与狗生活在一起。由于残疾人生活不能自理而往往要依靠护工，因此冒着护工反对养狗的风险对凯莉而言也确有难处。随着凯莉和小狗感情日益深厚，她也越来越离不开小狗的陪伴，护工也不得不改变自己的态度接受了小狗。起初还是由我带着小狗，教它一些基本口令。此外，再在固定时间带着小狗与凯莉见面，共同教导它。在正式领养小狗后，凯莉给它取名为阿卜杜尔。

我们从基本的坐下、卧倒开始一点点教阿卜杜尔。它是一只非常有责任心、极为特别的狗狗，对于每一个指令都尽力完成。尽管和所有的小狗一样，阿卜杜尔也有点害怕凯莉的电动轮椅，但看得出来他在极力克服这一点。凯莉有着坚强执着的性格，但她的声音和她的健康一样却很是羸弱。阿卜杜尔优雅、温和，并且非常愿意关心凯莉，只要她做出了口令的指示，阿卜杜尔都愿意照做。他俩的互动，就像变魔术一般神奇。

为了让阿卜杜尔更好地帮助凯莉，我问她具体需要狗狗做些什么。凯莉说："我下午在客厅休息时，护工会离开一阵子去购物，时间久的话等她回来时已经天黑了，也就是说，我时常在黑暗中一个人呆着。我希望狗狗能帮我开灯。"随后我们便开始训练阿卜杜尔开灯。接着凯莉又说："每天一个护工上午做好午饭放在冰箱里，由轮班的护工将午饭拿给我。可有时轮班的护工来迟了我便得饿着肚子等她来，所以我希望阿卜杜尔能学会开冰箱，将午餐盒递到我的轮椅上来，这样我就能准时吃饭了。"接着我们开始训练阿卜杜尔开冰箱拿餐盒并送到轮椅上的口令。凯莉还说："我总是会掉东西，希望狗狗能帮我捡起并送还给我。"她还强调如果发生了火灾，或者想出门透透气，她也没法开门。我们便开始训练阿卜杜尔捡东西和开门。

阿卜杜尔以能够带给凯莉幸福作为自己首要义务，凯莉的声音和身体都非常虚弱，阿卜杜尔就仔细认真地分辨、观察。尽管凯莉连纠正它的力气都没有，但它还是尽自己最大的能力去体会凯莉真正需要的是什么。凯莉和阿卜杜尔亲密无间地度过了15年，虽然这以后凯莉也一直有不同的服务犬陪伴，但她始终感激阿卜杜尔给她生活带来的改变。

阿卜杜尔的信念和能力使得我对训练服务犬信心倍增，更是实现了我对帮助残疾人起居生活的夙愿。也正是因为他的成功，才使得服务残疾人的服务犬事业发展至今。

成立伴侣犬协会

尽管阿卜杜尔的事例证明了狗不仅可以为盲人导盲，也同样可以照顾不同的残疾人，但我并没有就此满足，还是想继续训导狗狗来帮助残疾人的起居。所以在没有任何其他人帮助的情况下，我独自一人不断地尝试各种训导方式、克服了种种困难，并于1978年成立了非盈利组织——伴侣犬协会（CCI）。历经十年的不懈努力，CCI终于从我家搬到了正规写字楼，拥有了四个培训中心、65名在编付薪员工以及每年300万的预算支出。我将导盲犬之外的服务犬称之为服务犬，并将帮助聋哑人的服务犬称之为信号犬。加利福尼亚州立法规定信号犬可以陪同聋哑人出入任何场所。有许多志愿者将他们自己的狗狗训练为服务犬，带着它们去看护中心或者医院帮助那些需要帮助的人们，我称这些狗狗为社会理疗犬，它们有的甚至会成为病人康复计划中的重要组成部分。我一直在研究哪些品种的狗狗最适合成为服务犬，它们要性格温和，身体健康并乐于听从指挥。最后我选择性格内敛、自主性、动物血性较低的狗作为服务犬培训对象，多以金毛和拉布拉多这类懂事听话的狗狗为主。这类品种的狗不会自主学习新事物，而是等着人们告诉它该如何去做，因此它们的弊端便是缺少积极学习的动力。然而，一旦它们学会某项技能后便能牢牢记住，一辈子都不忘。正是这出色的记忆力使得服务犬如此与众不同。在摸索如何训导服务犬的日子里，狗狗们也教会了我许多。当有服务犬陪伴的残疾人告诉我他们的狗狗是如何照顾他们时，我简直难以置信，总认为是他们训练过多次或者只是一次偶然性事件。而如今我终于明白，狗狗有着自己的思想，它们能够进行深入的思考、分析并解决问题。

训导服务犬

尽管我有着训练阿卜杜尔和其他服务犬的经历，但说实话，我自己的训导能力不过如此，因我将工作重心放在发展伴侣犬协会以及寻找更多专业的驯犬师。职业驯犬师果然不负众望，在他们规范训导下，我们的狗狗看起来棒极了。然而，在这些狗完成培训课程准备正式上岗时，我发现它们并不听口令行事。实际上，当时我们面对的正是依赖性学习，也就是说服务犬学习的口令等必须在课程中有所体现。职业驯犬师多数通过勒紧狗链刺激狗的身体反应来达到训练结果，而当狗脱离束缚面对客户时，这些小家伙便想着"啊哈，我终于不用做这些烦人的动作啦"。多年专业训练下来，我发现了狗狗内心活动的真相：它们仅仅以完成任务的态度对待训练而不是发自内心对需要帮助对象的同情和爱。我决定放弃专业训练，还是用自己的方式一点一滴教会狗狗去理解客户的处境。我们培养的服务犬必须要能够真正思考、关心呵护客户。

充分发挥狗的潜能是我们的基本教学理念。如今我已经掌握了该如何教导狗在听到口令时做出正确的反应。就如同教育小朋友一样，狗狗同样需要鼓励、表扬和清晰明确的指示。当训导变成教育，驯犬师与狗之间的关系也变得更加亲密。在平等尊重的环境中成长的服务犬能够对它所需要服务的对象尽自己最大的责任，并付出自己的真心，正所谓信任产生爱。

教狗识字

在培训狗狗的过程中，我发现它们的学习认知能力远高于我之前的认识，因此我开始设想是否可以教会狗识字。如果狗学会了识字，那么它们与我们的沟通将变得更加顺畅。比如，识字的导盲犬便可以在超市发生状况时，根据紧急出口的指示牌将主人带到安全地带；识字的狗能够准确地分辨男厕、女厕及残疾人专用厕所；在别人家里拜访时，识字的狗能够分辨有着符号（◎）都是不可以吃的东西。我尝试去分析哪些符号是狗自己能够识别并且牢牢记住。在《教会你的狗狗阅读》一书中，我曾写道："阅读可以刺激大脑神经系统从而提高认知能力。虽然我没见过狗狗中的爱因斯坦，但可以确定的是阅读也可以扩大狗的大脑容量，使它能够有更多的思考和解决问题的能力。谁知道它们日益进步的头脑会带给我们什么呢？能够阅读将会是狗未来的发展趋势。"

首先我给狗展示了一些图片，起初它们感到非常兴奋，但过一会儿便难以集中注意力，我便换上实物模型。接着我发现，比起看模型，狗看到图片时的反应更容易激发它们的潜意识。

一只优秀的服务犬可以记住大约90条指令，我们便训练服务犬能够阅读一些基本的口令，诸如"坐"、"卧"、"滚"、"跑"等等。有些客户曾成功训练狗阅读多达20个手写指令。虽然我们没有亲眼见证过，但目前我们训练的服务犬已经能够看懂6到8个指令单词了。

聪明的狗狗们

1991年，我离开了CCI并成立了服务犬协会（ADI），主要工作是指导学员们正确训练服务犬，并为服务犬找到需要帮助的残疾人。在ADI，我们一直不断探索狗的潜能。我们办公室的门把手是荷兰门的样式——手柄是长条形而不是圆形。这倒是方便狗狗自己开门出入房间。狗因为被训练得太好同样会制造麻烦，为了能更好地管理它们，我们也只能"道高一尺，魔高一丈"咯。比起将狗关在狗笼里，我们更喜欢让它们在办公室活动，这样它们也就有更多的机会与人类接触。我们曾有一只狗能够自己打开办公室的门，走到过道里打开走廊的门，接着走过拐角打开工作室的门，进去后又打开了其中一间办公室的门并与里面的其他狗狗玩了起来，大概它是想办个派对吧。"造访"结束后，它关上工作室的门，又自个儿溜达回到了原来的办公室。

凯拉的记忆力

我的凯拉和阿卜杜尔很像,是我从流浪动物收容所领养的狗。她之前的主人白天将她拴在树边,邻居家的小孩总向她丢石头。到了晚上,主人解开绳子却故作忘记给她喂饭。可怜的凯拉只能独自流浪觅食到天亮回来,主人就再次把她绑在树边。虽然我知道她的过去,但却不明白她究竟掌握了什么本领让她能活到现在。

有次我给我们的六只狗狗抛网球玩,不巧球掉在泳池中央的水球顶端上。狗狗们深知水球承受不住他们的重量,很是自觉地不往上爬。在找球的过程中,所有的狗包括凯拉都迅速跑到泳池边,有的抓住水球边缘,有的咬住水球的一部分,像一个团队分工合作似的,齐心协力将水球拖上岸。尽管如此,可是网球却仍然在水球顶端,狗狗们还是担心水球不能称重而不敢取回网球。我将水球推入泳池,宣告游戏结束。正当我离开时却看到凯拉仍然站在池边,伸着前爪不停地拨弄着水面,制造一波又一波的浪花将水球推了回来,接着她拔掉水球气塞放气,成功地衔着网球悠悠然地走开了。这一幕使我惊讶极了,这可是我在课堂上教了她几年的技能。三年后,我掂量着凯拉是否还记得这个网球小把戏,便再一次将网球抛到泳池水球顶端。凯拉如法炮制地成功取回网球,就和三年前一样。这就是狗狗神奇的记忆力。

胡佳的义举

胡佳（Hoja）是我和吉姆饲养的安娜图牧羊犬。安娜图牧羊犬可不是好驯的犬种，它们源自土耳其，从前是作为警卫犬之用，现在人们用它们来牧羊。与金毛、拉布拉多不同，安娜图牧羊犬看上去可不是那么友好可爱。我教给胡佳所有的指令，但她只会在想吃东西的时候表现听话，平时可是一副爱理不理的样子。"Hoja"在土耳其语里的意思是"老师"，也正是胡佳让我明白狗也有良知。

在我们训练狗的技能中，其中一项就是警示主人。当狗来到主人身边，触碰他的手或脚，就说明狗在向人传达信息。一旦狗发出了警示，主人就应该立刻回应它："怎么了？"这时狗便会看着人的眼睛并示意跟着它走——有时狗狗肚子饿了便会将主人带到冰箱旁，有时它们想出去遛弯便会带主人到门前开门。

我鲜少会带其他狗来家里玩，主要是因为胡佳不喜欢访客也难以忍受陌生狗的存在。有天我带着一只叫海伦的小狗回家，胡佳躺在前院里休息。停好车以后我将海伦关在前院与后院（泳池位于后院）中间的篱笆围栏里，接着和胡佳一同进了房间。那天我感觉特别疲劳，一进门就陷进了沙发闭目养神，想着"就算海伦从围栏里蹦跶出来，在它跑到后院前能小憩个三分钟也不错了"。当我还没缓过神来，胡佳便冲着我一顿狂吠。当然我明白这是个警示，

"我必须现在就起身吗?能不能稍等两分钟啊?"可一想到平时我教育学员都是要求他们在狗发出警示时必须跟随,否则狗将对人产生不信任感,我还是支撑着身体跟着胡佳,看看究竟发生了什么事。胡佳带我到落地窗前,我看到海伦在游泳池中挣扎。大概小狗在院子里奔跑太过欢乐,一个不留神冲到了泳池里。事实上也许胡佳看到小狗跌入泳池多少是有点幸灾乐祸,但它知道我会因为小狗落难而感到难过。虽然像胡佳这样优秀的警卫犬发出警示是天性,但我相信它这么做通常是出于同情心和良知。

问题少年训导服务犬

在ADI高中生协助犬课程里,我们与少教所的孩子们一起培训狗狗来服务残疾人。2001年我们这个项目荣获了奥普拉·温弗瑞的"生命奖"。

无论这些青少年是否是在少教所、住着群居房或是选择性地受过一些教育,他们都在培训狗的过程中学习到了控制情绪和重塑自我的重要性。比起棍棒教育,这些青少年通过与狗的朝夕相处,重新感受了爱与善良,有的甚至被推荐重新开始工作。这些孩子的父母有的在监狱,有的沉迷于毒品和酒精,使得他们从小就没有得到父母亲足够的关爱,因此他们对于爱的感知也尤为缺失。我们这个项目的目标之一就是为了让这些迷路的孩子重新找到爱的方向。十年来，我们一直将狗狗带去少教所大厅。当狗兴奋地跑向它们的小教员时，孩子们也非常开心地迎接它们。这些狗狗帮助孩子们打破了暴力制约的环境，让孩子们懂得不用武力也能解决问题，也正是这些狗狗让孩子们找到了爱的归属感。孩子们在培训狗的过程中必须先锻炼自己良好的自我情绪调节能力，这个技能在他们毕业后显得更为重要。有些孩子在项目结束后也常来看望我们，告诉我们这个课程改变了他们的生活，让他们体验了一种完全不同的生活方式，同时与父母的关系也得到了改善。孩子的父母也非常喜爱这些狗狗，这算是我们课程的一项额外收获吧。

现在我们有了实例证明狗对于孩子和大人都有着积极的效用。我们在高中开展项目时，当日全校出勤率高达100%，安保报警电话明显减少。对于所有的工作人员、教师和孩子们来说，狗狗就是带来快乐的天使。从阿卜杜尔成为凯莉挚爱的服务犬开始，它就已经成为帮助残疾人生活这一国际课题的先锋，并成功地证明了狗惊人的工作能力。我非常感激阿卜杜尔，如果没有它，我不知道自己是否会放弃。那些跟随阿卜杜尔足迹的服务犬通过自己的不断努力，同样让世人们看到了它们美丽的心灵和聪慧的头脑。

读后感

你看过狗超乎本能的自我意识行为吗？

服务犬阿卜杜尔的成长史

凯莉·诺斯哈迪

俄勒冈州斯科特米尔斯

1976年,博妮(博妮塔)·M·伯金正在为她的残疾人看护犬项目寻找合适人选,我则成为了加利福尼亚圣罗莎残疾人服务中心首位参与项目的志愿者。起初我觉得博妮根本不知道狗到底能做什么,她的想法简直是天马行空。早在博妮之前我接到了许多奇怪的电话,所以对于她的来电我也没怎么放在心上。尽管博妮也并不确定该从哪个方面着手,但在长时间的交谈后,我不仅被她的真诚所动,同时也觉得如果狗帮助残疾人起居的话确实是个很棒的想法。

我从小在乡村长大,拥有许多宠物狗。尽管我患有先天性肌肉萎缩,只能靠电动轮椅行动,但我参加了四健项目(4-H是美国一种面向农村青少年的教育模式),与牧场的马、羊还有其它动物一同工作。家人对我的鼓励与支持以及小动物们对我的爱都让我始终保持着积极向上的人生态度。但我人生中最大的冒险莫过于从博妮·M·伯金的这通电话开始，因为我完全不知道这将会是一段怎样的经历。

在了解博妮的意图后，我向她推荐了更为合适的人选——看护中心的老板，同时也是一名残疾人。当晚老板给我来电说还是觉得我更适合博妮的项目，并给了我她的家庭电话。很快博妮便来电了，看到她对这项实验的无比投入，我最终答应了她的请求。很快她便将阿卜杜尔带到我家中，博妮的坚持深深地打动了我，也正是这份坚持让我日后由衷地感谢她让我参与了这项实验。在博妮正式让我和这只拉布拉多金毛混血儿共处后，我决定给这小家伙取一个元气十足的名字。在和朋友们聚会的一天晚上，我们喝着啤酒，聊着天，无意间翻着电话本时看到阿卜杜尔这个名字，我立刻觉得这是个与小狗绝配的好名字。在摩洛哥的阿拉伯语中，阿卜杜尔的意思是黑色，这正好匹配它那富有光泽的黑色皮毛。更巧的是，在标准阿拉伯语中，阿卜杜尔还有服务和帮助的意思，与真主阿拉连用便指代"神的侍从"。

阿卜杜尔的成长计划

和博妮共事了几个月后，我回到俄勒冈和家人一同过暑假。由于我的护工拒绝同时照顾我和小狗，所以阿卜杜尔在暑假期间只能跟着博妮。这样一来，小狗和博妮在一起的时间远远比我多，为了和阿卜杜尔建立更密切的关系，最终我还是决定带着它一起回老家。

在和阿卜杜尔长期接触之前，因为还不确定它是否能胜任护工的工作，所以对它并没有深刻的感性认识，但经历了两周假期后，我由衷地体会到它是一只棒极了的狗狗。假期结束后，回到家里我坚定地对护工说："阿卜杜尔必须留在这儿。"虽然最后护工们习惯了阿卜杜尔的存在，但最终他们还是离开了。阿卜杜尔成了我此后15年间唯一的生活伴侣。

阿卜杜尔经历了一年的时间才正式"上岗"工作。我看着它从一个小不点儿一点点长大，说实话，小时候它可真是个淘气烦人的小狗。每当我离开家去上课时，它就开始在家里捣蛋，不放过任何一样可以咀嚼的东西。不过这也让我明白了，其实除了阿卜杜尔，家里的一切都不重要。但在得知阿卜杜尔每天在家的所作所为后，我的家人开始竭力反对我继续和它在一起。尤其是他们知道阿卜杜尔将家族《圣经》撕碎后，他们强烈要求我将小狗还给博妮。

可我已经是长大独立的大人了，也并没有和父母生活在一起，

所以不需要任何人来告诉我究竟可不可以养狗。因此我坚持要和阿卜杜尔在一起。但妈妈却说，以后要是回老家就不可以带着狗，我说："嗯，那么你再也见不到我了。"

了不起的阿卜杜尔

不久，妈妈便意识到如果她想再看到我，那么就必须允许阿卜杜尔的存在。几年后，我兴致勃勃地带着阿卜杜尔回到俄勒冈老家。此前，它已经完成了所有的训练课程，但我的家人从没有看过它工作。70年代中期，人们从未听说过服务残疾人的看护犬，所以他们对于阿卜杜尔究竟是如何做到这一点也毫无概念，对于他们而言，这是个全新的概念。

在老家的一天，爸妈外出到城里办事留我一个人在家。因为办事时间较长，他们没有按时回家。当时还没有电话，联系不上我，他们感到非常担心。在我这一生中，如果家人或者护工外出很久不回来，没有人给我打开房间的灯，我就只能呆呆地坐在轮椅上看着日落，任由房间的光线由强到弱直至一片漆黑。爸妈这时候自然会担心他们可怜的凯莉一个人呆在黑洞洞的房间里。

可当他们赶回家时，看到我坐在光亮的客厅里，吃着晚饭看着电视。我得意地说："你们干吗这么担心嘛，阿卜杜尔会帮我开灯，帮我递电视遥控器，还给我从冰箱里拿了晚饭。"这回，他们算是亲眼见证了看护犬的能力。那天开始，他们正式接受了阿卜杜尔。

在俄勒冈期间，爸妈给我安排了一次面对新致残的残疾人协会的演讲。这也是妈妈第一次听我讲述阿卜杜尔的故事。在座的护工们看到阿卜杜尔能做这么多事儿时都惊讶极了。阿卜杜尔知道如何开电梯；带着我的书包陪我去学校上课，还能够乖乖地坐在指定的地方等我下课回家；会开汽车暖气、开门、开灯；如果我掉了轮椅遥控器它还能捡起来还给我。

演讲结束后我继续为新致残的人们答疑。大家都非常积极踊跃地参与，以至于原本计划20分钟的讲座变成了90分钟。人们都不愿意离开，他们都想知道如何得到一只像阿卜杜尔这样能帮助残疾人的狗。当时，既没有相关法律涉及看护犬，也没有任何相关的新闻报道。

我的家人对于阿卜杜尔的所作所为感到非常震惊，似乎也看到了像我一样的残疾人也是能够独立生活的未来。妈妈激动得泣不成声，最后，她说："实在不知道该说什么好，但我实在太高兴了，幸好你当初没有听我的话（放弃阿卜杜尔）。"妈妈和我还有博妮一样，也是个固执独立的人。但她还是承认了此前的偏见并向我道歉，这可是我从记事起她第一次说对不起。打那儿以后，她成了我的头号支持者。博妮成立CCI以后，妈妈给协会找了一位专门负责非营利组织事项的律师帮忙管理。同时，她自己也参与到了CCI的日常管理工作中，并向每一个她遇到的人宣传CCI。遇到对CCI

感兴趣的人，她便会耐心地向他们介绍阿卜杜尔的事迹。

为何阿卜杜尔能够胜任工作

阿卜杜尔有着四个非常重要的品质，这也是它能够胜任这项工作的主要原因。一是它确实极其聪明。这也是它从小调皮捣蛋的原因。主人不知道如何管教，那些非常聪明的狗狗有时确实是个麻烦。有时它们比人还要机灵，阿卜杜尔就是活生生的例子。它能够分清楚什么是想要，什么是需要学习的新技能，并能够自己组合出解决问题的方法。笨一点的狗狗则躺在那儿，等你告诉它该怎么做。而像阿卜杜尔这样聪明的狗狗总是能够自己解决问题。

二是随着年龄的增长，阿卜杜尔工作的目的慢慢地从"如何完成任务"转变为发自心底的忠诚和奉献，努力地了解我的所求所需。

三是阿卜杜尔总是能准确无误达到我的要求，以至于人们觉得它似乎有超能力。我们相处非常有默契，不用说出来它就能够领悟我的意图，旁人根本看不出来我是否有给阿卜杜尔指令，一切看起来都是自然而然完成的。在阿卜杜尔成年后，我就不再直接命令它做事，我们之间已经有了天然的默契。

四是阿卜杜尔能够将不同的事情联系在一起，敢于尝试从未做过的事情。他会指定战略和研究不同的方法来解决问题，这在狗狗中可真是少见。阿卜杜尔五个月大时就展露出了它的这一本事。我的室友在客厅放了个花边垫子，阿卜杜尔觉得这个垫子真是棒极了——够大、够轻柔、够温暖。室友总是勒令阿卜杜尔离开那个垫子，那是她给客人进门垫脚用的，可不是给狗休息的，更何况阿卜杜尔也不是她的狗狗。谁能容忍自己干净的垫子粘上些狗毛呢。

阿卜杜尔除了喜欢躺在室友垫子上，还喜欢盯着室友做饭，以便抓住时机吃点儿她不慎掉在地板上的食物。基于他这高超的"窃取"技巧，我不得不命令"离开厨房"。当然，他也懂得"离开垫子"的指令，就和其他指令诸如"走"、"坐"和"躺下"一样熟悉。

有天阿卜杜尔又在厨房围着室友转悠，室友终于不胜其烦地对着他下了一连串指令："现在离开厨房，去客厅的垫子上躺着！"阿卜杜尔仅仅听过"离开"垫子的口令，"躺"在垫子上的口令可是第一次听到。此前，但凡室友的指令，阿卜杜尔做起来都是南辕北辙，唯独这一次，它乖乖地离开了厨房，舒舒服服地躺在了向往已久的脚垫上。

永不停歇的爱

1988年至1989年期间，我带着阿卜杜尔在加拿大完成马术训练的奖学金课程。多伦多的冬天真可谓是天寒地冻，而那时阿卜杜尔正患上了骨癌。我知道他命不久矣，寒冷的天气也加重了他的病情。我的朋友乔伊住在圣地亚哥,她是除了我以外阿卜杜尔最喜欢的人。有次乔伊来看望我们,阿卜杜尔高兴极了。到了晚上阿卜杜尔安顿好我就寝后,一反往常没在我房间睡觉而是去了乔伊的房间过夜。我不想让阿卜杜尔过早地离开,而加拿大冬天的气候对他来说实在是太痛苦了。由于我不得不在这儿完成学业,只好拜托乔伊带阿卜杜尔去圣地亚哥疗养,那儿充满着阳光,相信他一定会喜欢的。乔伊与阿布杜尔之间深厚的友谊也让我能放心将阿卜杜尔托付她。乔伊会按时从圣地亚哥打电话来汇报阿卜杜尔的情况——它现在棒极了!乔伊给它用了止痛药,每天它都会在乔伊家里玩耍,玩累了就懒懒地躺在太阳底下休息。然而,相反地,我的生活却像落入黑暗之中。从18岁养狗开始,这是我这么多年来头一回一个人生活。阿卜杜尔就是我的左右手,离开了它我又变回了真正的残疾人。在阿卜杜尔离开加拿大后,我才发觉没有它我真的无法生活。我几乎都快忘了自己是连开门的力气都没有的残疾人。有次我冒着大雪穿过校园上课,临时通知课程取消了。我没法进门,只能在室外零下12度的冰天雪地里呆着,直到有人路过帮我开门。很快我便意识到,独自生活是根本行不通的,当务之急是立刻找到一只能替代阿卜杜尔的看护犬。我打电话告诉博妮现状,请她帮我另找一只狗。帕特妮娜虽然完成了相关的训练课程,但还没有从博妮的课堂上正式毕业。迫于现状,我还是同意了帕特妮娜的到来。

1988年12月7日,我到机场接帕特妮娜。我清晰地记得,当时坐在车里,一个念头忽然闪现在脑海里,尽管阿卜杜尔与我相隔千里,但我知道,它已经走了。我带着帕特妮娜回家时,电话铃响了,我知道那是乔伊打来的,告诉我阿卜杜尔的死讯。我问她具体的时间,她的回答与我在机场接帕特妮娜的时间正好吻合。乔伊说,在阿卜杜尔离开前的几天,它表现得好极了,病情也逐渐稳定,能够顺利进食并每天都能玩一会儿。但在今天上午,它开始拒绝进食,不愿起身也不愿走路。在我的追问下,阿卜杜尔停止进食的时间正是博妮将帕特妮娜带上飞往多伦多班机的时刻。我想,阿卜杜尔一定是知道自己的使命已经完成了。我与它之间的羁绊超越了距离、空间与时间。它努力地活着直到继任者的出现,似乎只有这样他才能安心地离开。

我无法解释这样的羁绊是如何形成了,或许它早已存在于我们日积月累的相处中,它是如此的神奇。阿卜杜尔知道,我也知道。

阿卜杜尔之后的三只狗狗都表现得很好,但惟独只有它是非常特别的,或许是由于见到它时我还很小,对它所做的一切都感到很是新鲜好奇。我现在回想起阿卜杜尔为我做的那些事儿或许比起当时实际发生时带了更多的感情色彩。直到领养的第三只看护犬后,我不得不承认,再也不会有其它狗能像阿卜杜尔一样给我带来如此深的感动,这就像初吻一样,时间的推移只会使得原来的记忆变得更加美妙。我见证了阿卜杜尔的成长,这是其它看护犬所没有的经历。

  但是8岁的南希，一只和阿卜杜尔一样的拉布拉多与金毛的混血儿，与它有着许多相似之处。我惊讶地发觉，南希简直就是它的克隆版。虽然不及阿卜杜尔聪明，但它有着和阿卜杜尔一样的乐于奉献与忠诚。我兴奋地发现能够再次与一只"阿卜杜尔"式的狗狗有深厚的羁绊。阿卜杜尔赢得了无上的荣誉，它是第一只服务残疾人的看护犬，它未完成的使命与永不停歇的精神将在一代代的看护犬中延绵不息。

读后感

  你是否体验过狗狗的第一次服务？你是怎样完成自己人生目标的呢？

2

鼓舞激励的使命

> 生活中我们总是渴望许多东西,无论是否自知,这份渴望就在那里,不增不减。
>
> ——朱迪丝·赖特

世界上最袖珍的警犬

谢里夫·丹·麦克荣恩
俄亥俄州沙登市

2008年吉尼斯纪录有了位新成员加入,我的吉娃娃和猎狐犬混血儿——米琪,成为世界上最袖珍的警犬。米琪不仅收到了来自各地警局和粉丝的来信,还荣登了各大报刊以及英国电视节目。中国一家权威期刊也报道了米琪的事迹。加拿大电台及芝加哥电台分别做了我的专访,当人们问到米琪是如何应对这突如其来的曝光率时,我说:"米琪并不会阅读,何况我也不允许它看电视。"

实际上,米琪完全值得拥有这样的关注与肯定。她刻苦训练,练就了许多大型犬所不及的本领;高分通过了俄亥俄州警犬认证考试,成为一名合格的缉毒犬,从专攻大麻逐步训练为稽查海洛因。

在我和妻子眼里,米琪还是个机灵鬼。每当我上楼时,它都喜欢躲在楼梯之间"伏击"我。它喜欢汪汪大叫、跑来跑去,一会儿又求着我躺在地上好让它扯我的裤腿玩儿。结束了一天的辛勤工作后，晚上它总是先跳到自己窝里接着又蹦跶到我们床上，将小脑袋藏起来，舒舒服服地睡上一觉。

白天，米琪立刻从调皮活泼的两岁小狗摇身一变成为纪律严谨的妙探狗福星。我给它量身定制了一件黑色T恤制服，胸前还画着一个金灿灿的星星。就像马鞍和医疗犬外套一样，穿上制度对于米琪来说就是开始工作的信号；脱下制服意味着它可以放松休息了。米琪的工作观念和制服使得它容易集中思想，高效工作。它希望每天都能和我在一起工作，要是有一天我工作时没带上它，小家伙会郁郁不欢好一阵子。

在去吉奥格县警长办公室的途中，米琪坐在副驾位置，到了之后，我们一同走过走廊和同事们打招呼。当米琪伸着头探进办公室时，同事们会热情地打招呼："嗨，米琪。"

在我办公室里，米琪有着自己的椅子和小窝，然而它却总喜欢坐在我膝盖上。如果我离开了办公桌，它也紧随其后。米琪工作时不需要戴着狗链。除了出外勤工作，平时我们会做一些训练。有时我们也会去学校和社区做示范教育，它的工作就是跟着我。有时它还会跟着我参加行政会议。米琪总是面带笑容似的，对每个人都很友善，无论男女老少。

那么这只仅有两磅重的顽皮小狗是如何成为一名缉毒犬的呢？

小狗狗有大志气

有次在看到局里的德国牧羊犬在汽车里搜寻毒品时,我忽然想到或许可以训练小型犬作为缉毒犬。无论是汽车还是卡车,将近一百磅的德牧犬在车内工作起来总是不太方便,若是没能搜到毒品,法律要求警察赔偿所有德牧在工作时损坏的东西。我开始设想,如果是三四十磅的小型犬大概就不会有这些麻烦了。我在动物收容所和救助站看到了许多不错的狗,但却没找到一只与我合拍的。同事梅利萨·梅茨告诉我她的搭档有两只小型犬,并且最近生了只小狗崽,她问我是否有兴趣看看。我问她是什么类型的狗,她说:"吉娃娃。"我立刻笑着说:"你搞错了吧,我可不是要个只会汪汪叫的家伙。"梅茨说小家伙的妈妈是只猎狐犬(杰克罗素梗)。我知道杰克罗素梗,它们也是出色的全能猎犬,身手敏捷,主要是为了在地面上和地下捕捉欧洲红狐狸。"那这只小狗现在多大呢?""它长不了多少,"梅茨说道,"是个小个子。"在我犹豫要不要见这只小狗时梅利萨拿了张照片给我看,真是个可爱的小家伙!我决定见见它。当梅利萨抱着小狗来办公室时,它还只有十周大,两磅重,我一只手就能托起它来。但米琪有两个特征令我印象深刻:一是,警局每天都有形形色色的人进出,米琪淡定地看着来往的人群,举止相当得体;二是,它喜欢嗅来嗅去。尽管还是只小狗，但它已经知道鼻子的用途了。我决定给她一次机会。我给它取名为米琪，是为了纪念女儿小时候的芭比娃娃。芭比有个好朋友就叫米琪，很适合我们的小小"新队员"呢。

通常来讲警犬都由县局统一管理。自从决定将米琪训练为独特的小型缉毒犬，我觉得亲自抚养米琪效果会更好。虽然这也就意味着不能用纳税人的钱来训练米琪，但如果米琪在县局培训期间没能完成任务，就会面临着被拍卖的风险，我不想让这种事情发生。

米琪的特殊训练

米琪很快开始警犬训练课程。警局的驯犬师告诉我，驯犬的最佳方式就是让它们懂得工作时为了荣誉和忠诚。这样看来，我得先和米琪成为朋友。我们每天一同去警局，开始时学习一些幼犬的基础课程，诸如破门而入和遵守基本指令。除此之外，我还会和它一同嬉戏玩耍。米琪只有三个半月时，我们开始学习缉毒。这可是项不小的挑战，许多德牧都是在8到10个月才开始学习类似课程。但米琪看上去完全准备好了。

训练其实很简单，我将大麻装在一个4英寸长、1英尺厚的正方形帆布袋子里，和米琪玩它最喜欢的拔河游戏。玩了大约30秒，我放手让它衔着袋子，示意它赢了！接着我将袋子取走，我能看到它脸上似乎写着:"我们不是正玩着么,我真的很喜欢玩这个啦,可有意思了。"

第二天,我将帆布袋藏了起来,对米琪说:"搜大麻。"米琪热衷于搜索工作,当它找到袋子时,我仅用表扬作为奖励:"干得漂亮,丫头!"接着我们又玩了会儿拔河,游戏结束后我依然将袋子收走。这回它脸上的神情依然像是在说:"我真的很喜欢玩这个,怎么又停了呀。"

第三天,我打开放袋子的柜子对米琪说:"我们去玩儿吧。"她闻到大麻的味道后立刻准备好继续昨天的游戏。

第四天,我让人抱着米琪呆在办公室里,将袋子放在离它五六英尺远的门背后,然后对它说:"搜大麻。"它立刻将袋子搜了出来。

现在找大麻已经成了它最喜欢玩的游戏,因为它能够常常受到表扬,我也乐在其中。

之后我开始慢慢训练米琪寻找特指的东西。我们不仅要克服环境对米琪小身材的不利影响,还要训练它不受其他事物,例如狗、气味、食物、人和其他动物的影响。就这样,米琪的搜寻水平逐日提升。

同样,我也需要分辨米琪的警示动作。我发现它会对着麻醉药微笑。当它仔细闻着某样东西时,我几乎可以看到它鼻翼一张一合,周围安静的话,我甚至能听见它的吸气声。若真的是大麻一类的药品,它就整个儿贴上去了。如果在比它高的位置,它能靠后脚站立起来，一个劲儿地将鼻子贴上去闻。如果目标位置是它能够得到的话，它便会边嗅边挠。

安全起见，我教米琪不要再找麻醉剂了。然而，它立刻停下所有动作，直勾勾地盯着我，仿佛在说："我能找着它了，好吗？"我抛了个网球给它玩，分散它的注意力。说实话，麻醉药不仅对它身体有害，同时我们也要保护证物不被破坏。

如果米琪一味地爱搜寻麻醉药而不是大麻，一点点剂量的麻醉药便能将它这种体积的小狗给迷晕。若是发生了意外事故，我也准备了能溶解可卡因的解毒剂，但这仅仅是万不得已才用。我的职责就是要确保它的安全。米琪没有继续紧追着目标不放，而是停下所有动作看着我，向我传达目标已找到的讯号，让我能够放心地继续训练它追踪其他毒品。

米琪成功事迹之官方版

虽然米琪已经具备了缉毒的能力，但我们尚未带它进行正规的逮捕工作。米琪的主要工作是在学校里开展，我们警局与当地学校共同建立了"毒品零容忍"政策。找到学生们藏在衣柜里的药品并不是我们的最终目的，我们最满意的情形是这些年轻人接受康复咨询，并重新走上正轨。如果在搜索工作中发现了药品卖家，我们还是会依法逮捕归案。

米琪能够分辨两个场合的气味。有时我们在学生衣柜中无法找到药品,但米琪可以通过衣柜中的外套、毛衣闻到药品的气味。后来学生自己承认了前一天口袋中确实放有大麻。只要曾经有大麻"出没",米琪都能准确地分辨出来。米琪始终致力于搜索麻醉剂和定位药品,虽然根据逮捕令不法分子已经缉拿归案,但它还是帮我们找到了更多证据。

米琪的好身材在搜索证据时显得格外有利。它能够自如地在汽车里搜寻药品,大型犬可做不到这一点。米琪在非常狭小的卧室进行搜查时,不仅不会碰坏东西,还能够爬到床底下进行搜索。同时也方便我们在搜查汽车时不用将汽车抬起来,米琪能钻到车底下搜查。毒贩知道警察会查看手套箱、中控台或者其他明显的地方。他们往往会将秘密藏在车底盘下,而米琪正好可以去那儿搜查。有的狗在长时间工作后会开始喘气,用嘴代替鼻子,从而嗅觉减弱。而米琪工作时从不喘气,这意味着它能工作更长的时间。我们在学校排查衣柜时,米琪跟着我们一路到最后排查结束都没有喘气。

米琪属于性能单一的工作犬,她不会取代执法大型犬的地位。大型犬有着保护人类的使命。米琪的唯一目的便是检测毒品,对于缉毒部门警察有着宝贵价值。

米琪成功事迹之民间版

在米琪的事迹传播开了以后，我们收到来自各地的执法咨询。默特尔比奇市提议由政府正式训练小型犬作为缉毒犬。国家毒品控制中心的工作人员也与我交谈了许多关于米琪的事。一些狱长也表示能否训练小型犬在牢房里工作。机场的工作人员则问及米琪是如何工作的，能否在飞机上开展工作。军队也在考虑训练小型犬以帮助扫雷。通常地雷爆破的极限重量是25磅，而米琪只有2磅重。因此理论上，体形与它类似的狗都不会引爆地雷，也就能保障警犬能够安全地进行扫雷。这些新发现使得我和米琪倍感自豪。

米琪独特的好性格总是激励着我和其他人，尤其是年轻人。米琪也很喜欢蹒跚学步的小孩儿。多数小朋友看到大狗总会感到害怕，但他们一点儿也不怕米琪。我在中学进行普及教育讲座时，时常以米琪的事迹言传身教，而不是简单地灌输滥用药品的后果。通常，在我演讲的班级里有一些身材矮小的学生，因此我会向学生们传达另一种观点，"低调做人，高调做事。想成为大人物，必须学会从小事做起。"孩子们很快便领悟了其中道理，米琪功不可没。

禁止滥用药物培训（D.A.R.E）是针对五六年级学生普及药品知识，禁止滥用药物、避免暴力欺凌以及缓解同龄人带来的压力的一项全国性教育计划。当孩子们完成了D.A.R.E学习时，会得到一件T恤作为纪念。我带着米琪参加了他们的毕业典礼，并发表讲话。在讲话中，我将学生们和米琪做了个比较：孩子们要去学校上学，米琪也要去"学校"学习如何缉毒；孩子们要考试，米琪也需要通过资格认证考试才能"上岗"；孩子们穿着T恤表明他们的立场，米琪也穿着制服表明自己的立场。有的孩子也许不是班级里最强壮的那个，米琪也是如此。这些年轻人了解了米琪的事迹以后，似乎也更加明确了自己的未来。

我时常会带着米琪走访一些特殊学生班级，孩子们都争先恐后想抱一抱米琪，有的甚至是行动障碍的孩子，对于他们来说抚摸米琪都是件难事，但米琪对他们都非常友好。

我在警长办公室工作了32年，只收到过一封寄到家里的信。这是一位残疾儿童的母亲寄来的，她说她的孩子是从普通班转入特殊教育班，但他一点也不喜欢这个班，因为其他孩子总是嘲笑他，讥讽他。信中写道她孩子自从看到米琪以后，性情转变了许多。忽然有一天其他孩子再也不嘲笑他，并视他为英雄。这些孩子追问他："你看到米琪了，抱了它吗？它长什么样啊？"这次的走访使得这个孩子逐渐融入了特殊教育班级。

有天我去了一个残疾儿童班级，看到一个坐在轮椅里的小男孩，旁边站着一位护工正在教男孩如何使用轮椅上的按钮。当这个男孩看到米琪时，他开心得合不拢嘴。那天我回到家里对妻子

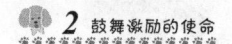

说:"就算我把毒品绑在它的尾巴上它都找不着我也不在乎了,它能让这些孩子们快乐,我就满足了。"

我坚信米琪给所有需要特殊教育的孩子以及所有见过它的人带去了正能量,它不仅是世界上最袖珍的警犬,它同样在我们心中有着不可取代的地位。

读后感

你能否做到别人一直认为你无法做到的事情呢?

爱画画的马文

兽医学博士E·J·福纳克
罗德岛里弗赛德

2002年我转让了经营32年的兽医诊所,开始了半退休生活,同时也成为罗德岛动物保护协会135年来首位兽医出身的会长。2002年9月,我遇到了改变我人生的狗狗,他的出现使得这个普通的收容所也逐渐开展社区服务项目。

在我掌管收容所后,第一要务便是筹集资金。在我就职之前,收容所的财务状况令人十分堪忧,仅筹集了9000美元捐款。如今,我们已经有了15000美元的年捐款,其中最大功臣非马文莫属:短短几年的时间换了三个主人,靠着三条腿走路的黑色拉布拉多流浪狗。尽管如此,马文早已深入我心。

与马文一同来到收容所的还有一只叫大熊的混血德牧,它们原来都属于一个17岁的小姑娘。但由于小姑娘的家人觉得无法分出时间照顾这两只狗的起居便将它们送到收容所。

2 鼓舞激励的使命

马文生于7月4日,由于小时候的一场事故,它无法将右腿放在地上,只能靠着三条腿艰难地走路。马文原本是1999年12月24日的圣诞礼物,但在那家人收养他之前,它已经在谷仓或是走下草棚台阶时跌伤了。没人知道到底发生了什么,但马文却永久致残了。然而,来到收容所领养动物的人们是不会对一只残疾狗感兴趣的。在之前的家庭遗弃他以后,马文在收容所犬舍里呆了4到5周。一个来自罗德岛北史密斯菲尔德的男子带着他的两个孩子来到收容所,我向他推荐马文并保证"马文已经适应了身体的残疾,这些完全不会影响他的生活。"

至于为何我能这么说,是因为马文在收容所期间,我仔细观察了它和其他流浪犬的起居。每次到犬舍我都会给每只狗准备狗饼干和一些小零食,这时整个犬舍都闹哄哄的,所有狗都以叫得最响亮来获得我的注意。但马文却从来不叫,而是安静地坐在自己的窝里,看到我来到跟前,便会将鼻子凑在狗笼玻璃上。喂它吃饼干时,它会非常礼貌地从我手中衔走饼干。然后我们会互相凝视一会儿,通常一只狗与你对视时是在确定控制权,但马文不同,它的眼神中充满着宁静和温柔。

马文跟着那名带小孩的男子去了新家后一个月又被送了回来,男子解释道他不想养一只残疾狗。我们规定但凡被领养的狗是不能进行交易或者丢弃的,男子守信誉地将马文送了回来,这也是它第二次得呆在收容所了。马文径自走向了以前住的狗窝,再过两三周就是感恩节了,可怜的马文似乎没什么好值得感谢的事情。

我的独子在波士顿工作,我写了封邮件问他周围是否有愿意收留马文的人家,并告诉他马文是只很棒的狗狗。接着我们便有了以下的对话:

"爸,我在大楼公寓里住呐,你和妈妈怎么不收留马文呢?"

"你妈妈是绝对不会允许一只大狗在家里溜达的。她可是有着重度洁癖的女主人,而且非常怕狗,看到狗就会像个小姑娘一样尖叫的。"

"但是,爸,我还是觉得你应该收留它,你可一直说马文是只很棒的狗呐。"

我给妻子玛丽打了电话,不出所料,她极力反对收养马文:"他会掉毛,又是个残疾,更何况我们并不很需要养狗。"除了妻子罗列的理由,我也不得不承认今年是我们头一回可以毫无压力地轻松生活。我给蒂姆回了电话,转达了他妈妈的反对意见。

末了,蒂姆还是说,"老爸,我还是觉得你该收养它。"

我请求玛丽来收容所看看马文,她同意了,之后我们还和马文玩了一会儿。但对于是否收养它,玛丽还有些犹豫。

我始终找不到拒养马文的理由,每一次我们双目对视,都能感受到我们之间存在着某种强烈的情感联系。我告诉员工们不要让马文呆在犬舍,带它到前台,这样他能有更多和人接触的机会。虽然马文在犬舍里表现很好,可一到外面便狂吠不止。有次我路过前台时，接待员琳达无奈地说，"我可不知道该怎么办。"但马文一看到我便立刻停下了叫声，我决定让它到我的办公室来。它立刻舒舒服服地躺在我办公桌下，但只要我起身去了别的地方，它就立刻跟了上来，远远看过来就像是我多了一道毛茸茸的影子。

在马文来我办公室的第一天，到了下班时间，我仍然舍不得将它放回犬舍，边叫琳达用个大箱子给它造了个狗窝，让它在房间里过夜。琳达担心晚上马文会将房间弄乱，我安慰她说，"不妨试它几天吧。"马文完全没有辜负我的期待，乖乖呆到了天亮。第二天，我带着它走访了附近几家收容所。

感恩节前，蒂姆又敦促我快点儿将马文领回家，并追问我是否会在感恩节时接它回来。

"蒂姆，明晚会有16位客人来家里吃饭，马文不一定能适应这样的场面。"

"老爸，还是那句话，快点儿带它回家吧。"

蒂姆是独子，一直以来我们两口子都很溺爱他，但在这件事上我还是坚持自己的原则，不带马文回家过节。

感恩节当天，蒂姆再次重申要求我带马文回家。客人预计是下午1点钟到，拗不过儿子我只好上午10点去接马文。

这些都是5年前的事儿了，如今马文不仅成为我妻子最好的朋友，而且也是我们家重要的家庭成员。之所以会有现在的局面，我想，还是因为马文选择了我。

马文成了艺术家

我看过大象用鼻子夹着笔作画的新闻,并且有许多人愿意出高价购买这些作品。由于这些画并不是简单地拼凑线条,因此有记者认为大象是有艺术细胞的。

马文喜欢摇晃着尾巴,我寻思着如果在它尾巴上沾些颜料是不是也就能画画了呢?

有天我在马文的尾巴上涂了些环保无毒的水彩颜料,拿着一块帆布让它尽情地晃动尾巴。尽管这画看上去就是些颜色的混搭,但我还是觉得棒极了。我郑重地通知蒂姆和玛丽——我要指导马文画画,他们一听立刻吃吃地笑了起来。我到地下室拿着马文的作品问他们觉得如何,他们说看上去还真挺不错的。

"你们觉得我下一步该怎么做?花6美元裱一下?"

玛丽立刻激动起来,"那你得卖到10~15美元才行。"

"什么?这太荒谬了。"我抗议道,"这画真要卖的话可比你说的值钱。"

蒂姆唱起了反调,"这些画你永远卖不到15美元。"

至今马文作画已有4年了,期间它的一幅作品拍出了2500美金的高价。通常我们都以50美元一幅的价格出售。

它的作品奇妙得令人难以置信,有的看上去是写实派,例如花、鸟还有小动物。如果你拿着一幅马文画的玫瑰问十个人这是什么，十个人都会说是玫瑰花。如果它画了一只蝴蝶，每个看到的人都会说这是蝴蝶。你从不会质疑自己看到的是什么，哪怕只是马文沾了些颜料在帆布上随意地点几笔。

媒体开始对马文的画画天赋进行全方位的报道，新闻、广播和电视节目等等，但我们从未刻意地宣传或者推广马文的作品。它的"马文画展"由罗德岛最负盛名的三大艺术节之一的定向艺术节挂名展出，同时在Burrillville艺术节也同时展出。罗德岛国内知名艺术家马克斯维尔·梅兹邀请马文参加2005年4月举办的皮草羽毛艺术展。马文的画作更是罗德岛动物保护协会的长期展览作品。

所有来自马文的作品以及我撰写的儿童读物《不可思议的马文》的收益用于罗德岛动物保护协会建立了马文基金。截止到今天，基金已经达到了8.5万美元。所有基金将用于小动物们的外科手术、术后康复以及购买残疾动物辅助行走工具。基金的另一用途是保障年长的残疾人能够饲养宠物为伴，对于年老体弱的残疾人来说，宠物可谓为他们最好的朋友。该基金也能够拯救那些因为患病或者残疾而被主人遗弃的猫狗，马文会保证这些事情不再发生。

关于马文的儿童读物

我和玛丽于2002年11月收养了马文,之后仅5个月的时间里,我就完成了撰写、出版关于它的生活的一本儿童读物。

在这本书中,我讲述了所知甚少的马文的过去。它出生于马里兰,有八个兄弟姐妹。马文曾是罗德岛一个小姑娘的圣诞礼物,她很爱马文,当家人决定遗弃它时,小姑娘泣不成声苦苦挽留。其间,她时不时会到收容所来看望马文,每到分别时都是泪眼汪汪。

我用了两个晚上时间写好了草稿,马文就一直坐在我腿上看着。我觉得人们应该读一读马文的故事。在这本书出版前,许多人问我读这本书会哭么?这本书不仅包含了我们一家对马文真挚的感情,还有人们对马文的关心与爱护,因此出版它实属必要。我将书的稿费和收益一并捐给了罗德岛动物保护协会和马文基金。

最初这本书共印了1000册,除了在收容所打了个横幅外也没有其他的广告宣传。书的封面一张底色为黄色的马文的照片,书名为《不可思议的马文》。原本书名是没有副标题的,但出版商在出版时加上了一句:"这是一个重获新生狗狗的故事。"

《不可思议的马文》使得马文成为罗德岛收容所里的模范犬。你完全不需要费心去找专业犬舍,更无需去那些把小狗当做交易工具的场所,在罗德岛收容所你一样能找到很棒的狗狗。

此外，我永远不会忘记马文戴的项圈，原属于一只黑色拉布拉多，由于实在没人愿意领养它，只能选择将它安乐死。在它死后，我将这个项圈取了下来，戴在马文的脖子上。纪念这差一点就是它的遭遇和收容所里所有的流浪动物。马文会一直戴着这个项圈。

人们开始阅读关于马文的故事，老师们也会在阅读课堂给孩子们讲述他。如今这本书的销量已经达到了三千册。

马文帮助的孩子们

马文心思细腻，和孩子们之间有种难以言表的亲和力。在马文的主页上放着他和小学生以及幼儿园小朋友的合影。

我带着马文去学校，小朋友们紧紧地围绕在我们四周。马文会教孩子们不要接收陌生人给的任何东西，更不要跟着陌生人走。我让小朋友们喊马文的名字。

"马文，来这儿。"马文一动不动。

我拿了一些狗饼干给他嗅嗅，接着放在它爪子边。我让孩子们对它喊："马文，吃饼干吧。"马文还是纹丝不动。

接着，我说："马文，你可以走了。"和之前不同的是马文立刻起身跟着我走了。虽然之前孩子们要它吃饼干它不吃，但我给的它就一定会吃。这个例子恰到好处地告诉了孩子们不要理会陌生人搭讪。

我对孩子们说:"今天过得非常愉快,我将挑选一位小朋友和马文还有我到公园一起度过余下的时光。"我很好奇,究竟有多少小朋友凭借一时冲动,就愿意和我这个陌生人走呢?孩子们因为马文而非常兴奋,进而也放松了警惕。这时我再次强调了之前马文示范的例子,无论是多么特别有趣的陌生人,只要父母不允许就不可以单独和陌生人离开或者接受他们给你的东西。

如果我们可以挽救一个孩子,那也是达标了。老师们认为这个"危险的陌生人"课程对孩子们来说非常有意义,我也对马文的成就感到欣慰。

马文的社区服务

我们收养马文不久,它就开始了医疗犬的工作,我也开始了体验友好安静的狗狗伴侣的历程。在35分钟的上下班公交路程中,马文一直安静地躺在我膝盖边,祥和地"非诚勿扰",它更不会像其他狗那样把头伸到窗外看风景。轻抚它柔软的耳朵让我心情舒畅,时不时地我也会和它聊上一两句,虽然它从不回应。

在收容所,马文可以随意溜达,但它从不离我左右。它热情地欢迎每一位来到收容所的人,如果遇到想要领养它的人,马文会开心地舔舔他们的脸。马文喜欢躺下来,让人们尽情地抚摸它,当然更多的时候,它希望他们能陪它玩耍。

2 鼓舞激励的使命

无论黑皮肤、黄皮肤，高矮胖瘦，还是从事各种各样的职业的人，马文只看中他们的本质而选择朋友。邮递员是马文最好的朋友，每天它都会从邮递员手中接过信件，再转送给我们。

我一直从事的是马匹兽医工作，也从未听说过三角社区或者宠物医疗。我没有刻意地将马文训练为医疗犬，因为我根本没有时间去研究这些。

收养马文后的五个月是新年的三月，我听说三角社区在罗德岛的艾克赛特挑选有潜质成为医疗犬的狗狗。当时正好是周六，抱着凑热闹玩一玩的心态，我带着马文参加了海选。工作人员要求一并带上狗用毛刷和牵引绳。

当天在所有30只狗中，马文获得了最高分，并荣获了三角社区宠物伴侣认证资格。打那儿以后，马文和我共走访了超过100家机构，诸如医院、护理中心、康复中心、学校、图书馆和夏令营。我们还去过保罗·纽曼为年幼的HIV携带者或镰状细胞性贫血儿童设立的重病儿童夏令营。我们每个月都会走访罗德岛的孩之宝儿童医院。医院里的人都说马文的表现好得令人难以置信。虽然发现它这方面的潜质是个巧合，但马文确实是只很棒的医疗犬。

马文和我会定期去走访护理中心，通常我和病人们交谈时，他们会围坐在四周，马文则躺在小毯子上。一些年长的患者有时并不很理解我说的话，但看到马文则让他们想起了曾经养狗的美好时光，许多病人都真心喜欢它的到来。

我们一共去过大约二三十家护理中心,除非是听我指令,否则它绝不乱叫。马文在中心溜达时,允许常驻病人抚摸它,也会吃他们喂的零食。它在中心从未有激烈动作。但有天它却极其反常地对着一位老太太狂吠不止,让我尴尬极了,当时正值休息时间,许多病人还打着盹儿,我真希望它没伤到老太太。然而事实是老太太已经昏迷了,马文察觉到了立刻发出警示,护士们及时赶来将老太太送往医院治疗。我们也无法解释马文究竟是怎么辨别老太太昏迷了,但它这一反常态的犬吠实则是为了寻求帮助。

在与罗德岛州州长唐纳·卡希尔里(也是马文作品收藏者之一)的私人会晤中,马文受到了高度赞扬。由于马文出色的社区服务,2007年罗德岛州议院通过了对它的表彰决议。马文基金也收到了12000元来自州里著名机构的赞助。它还见过两位市长。每天我绝大多数时间都在安排马文的行程,对于它的安排我得做个特殊标记。罗德岛州面积不大,所以绝大多数人们都知道了马文。它可以有个属于自己的办公室了。

马文教会我的那些事儿

狗被遗弃后,多数会感到愤怒和抑郁,在收容所犬舍里他们只有一个笼子大小的活动空间。马文两次被送往收容所,与它自身行为完全无关,大概连你都会为它感到愤愤不平吧。然而马文从未

2 鼓舞激励的使命

有过任何过激的举动或者是郁郁寡欢的表现。

我觉得马文是发自内心地喜欢这些事情。如果它真的感到反感，它会止步不前，显得犹豫不决。但它总是时刻准备好了去学校，去见孩子们。

马文在去工作前会穿戴好一条围巾，每晚下班回家时再解开。我妻子会将我领带的颜色和围巾搭配好，因为它每天戴着不同颜色的围巾。有些孩子会在马文的围巾上签上自己的名字。

每天都有不止一个人或是大人带着小孩儿来收容所看马文，最年长的是100岁的费洛女士，由她的女儿陪同，我们一起合了影并放在了马文的主页上。

马文和我一同帮助那些老年人、残疾人迎接心理和生理的双重挑战。这些人有的连写张感谢卡片的能力都没有，但能给予他们温暖就是我们最大的财富。

尽管我现在也有60岁了，但因为有了马文，我对生活的感悟又更进了一步。感谢如今我所拥有的一切，感谢马文教会我的所有。如果没有马文，我不会去看望艾滋携带者儿童，也不曾会看到被子女遗忘在护理中心的老人们脸上的表情，也无法给无家可归的人们带去欢乐。正是马文把这一切不可能转变为现实。

马文还教会我如何在简单的事物中"找乐子"。跑到户外，追着球跑，在草地上打滚儿，就连和他一起散步都充满着平和与宁静。世界转动得太快，我们大多数人都没法坐在小溪旁，抛一个球，看看云卷云舒，或是看着日升日落。我是个务实的人，但狗狗教会我的这些事物更加丰富了我的生活。

马文已经8岁了，下巴都开始长灰毛了。它有着帮助残疾人鼓起勇气重塑新生的使命，有着鼓励人们给所有残疾小动物们第二次机会的使命。我们将继续传播激励的正能量，给人们带去幸福。马文从不放弃并且十分珍惜自己的第二次机会。

读后感

有没有一只小动物帮助你重拾起生活的勇气？

问题少年与伤病狗狗

丽萨·拉弗迪尔
明尼苏达州斯蒂尔沃特

我于1997年在威斯康星州星星大草原成立了"生命之家"小动物庇护所。有一天我接到一个来自圣保罗东部的小姑娘的电话,她说她所在的社区非常暴力,有人偷走了她家狗狗艾米丽,用作孩子们斗犬的诱饵。艾米丽奋力保护孩子们不被抢走却被那人拳脚相加,并打断了她的一条腿。由于艾米丽正值哺乳期,奶水依旧很充足,因此小姑娘拜托我尽快将艾米丽接到我们庇护所来。在苹果河四十英里的土地上,我们建立一个收留全美乃至全加拿大因为老弱病残而被遗弃的小动物的救助中心。我们决定将艾米丽带回"生命之家",帮助它再次获得幸福的生活。

我在贝利医生那儿看到了艾米丽,它是一只拉布拉多与腊肠犬的混血儿,有着长长的身子和短短的腿。由于周围没有合适的兽医,贝利医生只能做一般的腿骨折处理。艾米丽得在笼子里静养两个月。

我带着艾米丽到庇护所时,它时不时地会流泪。但令人惊讶的是,当我们决定让它长期在这里住下时,它立刻变得放松并不再发出悲悯的呜呜声,似乎它也明白了"生命之家"的含义。

既然艾米丽年轻又充满爱心,我们决定让它参加少年管制中心的重塑计划。

重塑计划与少年管制中心

重塑计划由复兴高中教师珍妮特·汤姆林森于1998年提出,我联想到可以让这些学生与"生命之家"的狗狗们共同完成这个计划,对他们而言这些狗狗就好比是医疗犬帮助他们尽快重新融入社会。

在少年法庭裁决后,少年管制中心可以提供6~10个月精心安排的培养计划或者是提供3个月的判决康复期。在这项少年纠正政策中,既然他们需要做额外的课程来弥补学分,那这些问题少年正好可以来培训我们的狗狗。许多青少年牵扯进了斗犬事件,他们也曾接触这类暴力文化。我们要做的则是让他们看到与狗狗相处的另一面样子。

艾米丽和达里尔的绝妙组合

2007年冬天,我们开始在少管中心进行重塑计划第一期。我选择了一个叫达里尔（化名）的17岁男孩与艾米丽合作。我根据狗狗与少年之间相近的性格特征、体型体质，例如他们的运动机能和身体语言的交流方式等等，来为他们进行配对。艾米丽是一只长长瘦瘦的黑色狗，达里尔则是一个瘦高的黑人男孩。我想达里尔大概和艾米丽一样，经历过一段艰难的时光。

尽管现在看来达里尔和艾米丽搭档得好极了，但起初他可并不乐意这个安排。所有的男孩都想和威武的大型犬合作，而不喜欢这种小型犬。但从我看来，达里尔和艾米丽可是"天生一对"。

我告诉汤姆，我并不想知道这些孩子们的相关背景。这招有效，孩子们知道我对他们并不是很了解，也就不会因为他们曾经做过的事情而有先入为主的观念。我坚信人性本善，所有参加我重塑计划的孩子们都是白纸一张。这些来到少管中心的孩子在他们当地没有任何帮扶或者培养，至今也没有人鼓励他们重新去上学或者工作。

训练初期

在第一期训练班开始时，我紧张极了，直到看到孩子们和狗狗和谐相处，我才慢慢放宽了心态。达里尔和另外有个男孩轮流和艾米丽合作，其他的狗狗一周来两次少管中心。

我们旨在告诉这些少年将来可以从事和饲养狗或其他动物有

关的工作，每周三我们都会带着他们来到明尼苏达州兽医学院观摩狗的水中疗法。我们也会带他们去参观圣保罗警局的警犬。汤姆说他非常喜欢这些参观项目，孩子们能够找到将来与狗有关的工作，例如宠物美容师或者兽医助理。通过参观警犬，他们也能换一种方式与警察们交流。

每只狗都与一个孩子配对，这样它们不仅能够看到庇护所外面的世界，也获得了人们的关心。我们带着狗走访了不同的人，不同的学校以及办公室。这些狗也学会在不同的情况与各式各样的陌生人打交道的正确方式。为了能让这些狗学会较高难度的指令，以便通过国际医疗犬和美国犬舍的优秀狗公民资格，学生和管理员装扮成医院的病人和医生来训练它们。通过这些认证将有利于推广"生命之家"的项目，医院和康复中心也就能正式接纳它们为医疗犬。

我带着这些青少年来参观我们的推广计划，我觉得对于达里尔和其他男孩来说，通过看到这些狗的努力训练来使得自己的生活更有价值，对于他们来说也是一个激励。

给达里尔和艾米丽一个闪亮的机会

起初达里尔和其他男孩都比较消极，总是会说："如果我没通过测试怎么办？"项目结束时，达里尔和艾米丽都合格了，他的脸上写满了自豪。

在我教给这些青少年的许多事情中,有一件便是学会控制自己的思想。在与狗的合作中,他们体会到了想象的力量。由于狗狗们能敏感地察觉男孩们在想什么,所以作为驯导员他们必须保持自信冷静、积极乐观有耐心。我建议他们要始终在脑海中想象狗狗通过测试的情景,"这样才会心想事成"。

刚开始时,我对所有的男孩都充满了信心。随着项目的推进,孩子也越来越肯定我的作为。曾经他们认为自己一无是处,是标准的"loser",我却始终鼓励他们要看到自己的长处,学会取长补短。少管中心的社工、心理学家和老师们的工作都是为了孩子们"度身定制",我并不涉足他们的日常安排,不然可就是"班门弄斧"了。尽管驯犬并不是容易事儿,但我们的项目依然充满了乐趣。男孩们不愿意谈论自己的过去,我虽不会刻意要求他们交流,但也保持着开放的态度。我关注的是男孩们对驯犬的过程,他们可是"生命之家"学校分部的成员。

我一直为项目打造着积极向上的氛围,训练过程中还会放些摇滚乐,例如门基乐队和其他一些内容和谐的说唱乐,为它们营造一个轻松快乐的工作环境,同时还可以训练狗狗在嘈杂环境中工作的能力,毕竟它们今后要去人来人往的医院、养老院和看护中心工作。

艾米丽通过了所有测试正式成为注册治疗犬后,不久便探望了小儿肿瘤病房。项目结束时,我给达里尔及所有的男孩写了一封感谢信,表扬他们做得棒极了!付出就会有收获,我相信这个项目的成功对他们而言是永远值得骄傲的一件事。

达里尔、艾米丽会见凯撒·米恩

2007年"生命之家"邀请了国家地理频道《狗语者》栏目主播恺撒·米恩共同举办了大型募捐活动。汤姆事先给孩子们看了恺撒节目的DVD,知道能见到本尊时,孩子们个个激动不已。

达里尔及另一个刚从一期驯犬班毕业的男孩非常想和恺撒见面,他们准备了一个关于训练搜救犬的实例解说。当时他们不在少管中心住校,所以他们自行打车前来与恺撒会面。也许在这类大型庆典活动上亮相对他们来说还是有点儿难度,但在募捐庆典中,所有男孩都看到了恺撒,并一同合影留念。我们安排了一位理发师给男孩们修剪了有精神的发型。我看到达里尔与艾米丽以及其他驯犬班成员与800位募捐者一同欢庆盛典,心中的激动之情久久无法平静。

下一步怎么走?

我和汤姆并没有准确的统计数据来证明项目实施的结果如何,

2 鼓舞激励的使命

但可以看到地市男孩与狗狗们都充满朝气。汤姆认为，"这些孩子通过第一期的培训学会了平静心态，更懂得了责任感，学会了尊重他人。而且与狗狗们的互动还增强了理解能力和信任感。""重塑计划"同样帮助了我们的狗狗——它们非常愿意和训导员在一起。它们有着强烈的时间观，知道何时开始上课。狗狗们热爱学习，和男孩们在一起更可以快乐地学习。它们的大脑有待开发，通过重塑计划我们不仅可以开发它们的智力，也可以呵护它们的身心。

汤姆说达里尔现在已经重新融入了社会，一切都很顺利——他重返了校园，会去教堂礼拜，参加了篮球队还有一份兼职的工作。"第一年是最艰巨的一年"，汤姆如是说道，"好在他没有任何不良记录。"

时间会证明"生命之家"对类似艾米丽这样的伤病犬以及像达里尔这样的问题少年所作出的努力。狗狗不仅需要开发大脑，它们更需要从内心深处再次相信人类。男孩们需要明白责任感，爱狗狗以及被它们所爱。少管中心的"重塑计划"真可谓是一石二鸟。

读后感

当你处于人生低谷时，狗狗是如何改变你的状态？

归零地的听风者安娜

莎拉·R·阿特拉斯

新泽西巴灵顿

虽然从没有过宣传标语介绍"如何加入紧急搜救工作",但我一直想在这项工作中作出自己的贡献。记得曾在电视上看到搜救犬能够找到地震后被建筑掩埋的人们,犬主和它们一起在最为艰难的状况下抢救遇难者,不禁联想到是否自己也可以找到一只合适的狗狗来完成我紧急救援夙愿。

我有一条上了年纪的德国护卫犬大赛赛级犬。德国护卫犬大赛旨在测试德国牧羊犬的内涵、学习能力和工作耐劳的天性,以作为繁殖种犬的参考和审核。训导搜救犬的想法存在我脑海多时,我也具备了驯犬的相关知识,因此我决定再饲养一只幼犬。1998年2月,我找到了一窝血统纯正的德国牧羊犬幼崽。正当我犹豫如何选择时,一只混色的小狗跑到我腿边,使劲儿咬着我裤脚。"是它选择了我",小狗名叫安娜。

2 鼓舞激励的使命

虽然这些年间我养的狗不多,但安娜在许多方面确实不同于其它狗狗。它似乎能读懂我的心思,也有着很强的护卫能力。我与安娜之间有着某种神秘的心灵感应,即使分隔两地也能感受到它对我的思念,这份感受对我而言是独一无二的珍贵。

在工作时我碰巧认识了一对夫妇莎伦和里奇,他们都是紧急医疗救护员,并且承担着训练搜救犬的工作。我向他们介绍了安娜,并告诉他们它非常适合作搜救犬。莎伦和里奇表示不屑,每个人都会认为自己的狗独一无二。"你的狗也许可以找得到你,但搜救犬要找的都是陌生人。"莎伦如实说道。他们邀请我去家中小坐,以便测试下安娜是否具备搜救犬的潜质。狗的重要品质之一就是追逐目标。他们反复将小球抛入丛林中看安娜能否集中注意力将小球找到。他们还要求我将安娜带离抛球点5分钟后再返回以测试它能否再次顺利地找到目标。不出我意料,安娜果然顺利地通过了测试。

莎伦和里奇花了上百个小时指导我和安娜如何进行紧急救援。有天里奇告诉我新泽西州城市搜救队专门工作1组在招聘新成员。组里只有12名成员,

所以只有最优秀的搜救犬才能加入他们。我带着安娜通过选拔时它已经有六周的身孕了。我们不仅顺利地成为了在编人员，同时还是以最高分通过测试。不久安娜就诞下了小宝宝。一年后，也就是2001年9月11日，世贸中心爆炸案发生，我们被派往前线进行紧急救援。

安娜在世贸中心

在飞机撞击世贸双子塔的几个小时后，我和安娜是第一批到达现场的救援队伍。当我们抵达现场时，看到的是满目疮痍，四周都是坍塌的建筑物、凌乱的电缆，充斥着爆炸残留的灰霾。我们的搜救点是相当于世贸中心7层楼高的废墟堆。这样的混乱场景看着令人毛骨悚然。通常狗被派到搜救任务时都会显得格外兴奋，但在看到这场景时，安娜始终非常平静，甚至是在努力克制自己的情绪。我告诉它现在我们要做的是非常重要的事情，它轻轻地靠了靠我，似乎明白了当前状况的严重性。

这是安娜第一次出任务，尽管我们做过无数次演习，但那些就是加起来也没有我们现在面临的情况可怕。每个人在这些石堆和残骸面前渺小得如同蚂蚁一般。这是一次无比艰难的任务。无数消防员和警察跪在地上哭泣的声音传到了安娜耳中，它循声寻人，将这些默默地记在心中。

2 鼓舞激励的使命

在归零地工作总能遇到一些无法解释的事情。有些奇怪的事情我也很少与其他人提起。当时有一个搜救点已经显示了毫无生命迹象,但我仍然听见了清晰的哭声和呻吟声。抬头看到天空的白云,我想那声音大概是灵魂在身体里最后一刻的悲鸣,他们也终于解脱了。后来组织里的另一个消防员说他也有过相同的经历。

晚上我们在贾维茨会展中心停车场休息,在水桶上睡觉。第一天晚上我和安娜都累得精疲力竭,我伸手将安娜紧紧拥入怀中,它也依偎着我发出舒服的呜呜声。

在组织的最后一次轮班,一位消防员长官跑来告诉我说:"我知道那儿还有生还者,但我们人上不去。"我只好派安娜独自上去搜寻,这样我只能用声音和手势告诉她该去哪个位置。她对两个点很感兴趣,但表现的并不像找到的是尸体。随着和搜救犬接触的加深,我们慢慢理解了他们的肢体语言,我相信它一定是发现了生还者。它走到我身边示意我已经找到了生还者的位置,接着它走回到石堆上,我立刻向那位长官汇报了具体位置。

这时安娜舌头发紫,呼吸吃力,眼神也显得无精打采,种种迹象表明它中暑了。我通知工作组组长安娜需要吃药打针。当我返回车上找安娜时,一名男子拿着照片冲向我,"你看到我儿子吗?求求你,救救我儿子吧,他就在这下面。"我企图向这位忧心如焚的男子解释我的狗已经病了,不能再进行搜寻,其他搜救犬很快就会来的。男子从褐色公文包中拿出一样东西,"这是我儿子的T恤"。

我咬咬牙还是转身离开了，随后组长告知男子很快就会有搜救犬就位。到达搜救车时，我从对讲机中听到之前安娜找的地方有两名幸存者。

9·11之后

随后我们拖着疲惫的身躯带着同样精疲力竭的搜救犬们上了车，周遭弥漫着厚厚的尘土和难闻的气味。我们的车子驶出贾维斯会展中心停车场开向西海岸高速，途经人群时只听见他们高呼："谢谢你们，谢谢你们。你们是我们的英雄！"

回到我们莱克赫斯特海军航空工程站大本营时，无数电视媒体蜂拥而至，家人们冲过来紧紧地抱住我们。美国海军乐队和新泽西州警共同演奏了天赐恩宠。与队友们兴奋喜悦的状态不同，我感到全身的肌肉都无比酸痛，提不起一点精神。安娜也是如此，无力地瘫在地板上，不吃不喝，健康状况令人担忧。我在新泽西Virtua Health医疗公司工作，其中许多员工也在归零地兼职，他们建议我休息一周。休假期间我回到了救援队，主要负责回复报警电话，但这时我忽然感到身体状况恶化，不得不立刻前往医院。我对肺病监护室医生承认感到呼吸不通畅，有严重的压迫感。我需要住院一周，没有安娜的陪伴感到格外不安。护士提醒说医院不允许狗进入，"我真的很想它，它是我9·11的搜救搭档"，我苦苦哀求着。后来院方还是认为我是因为太溺爱安娜的缘故,他们无法理解安娜已经成为我另一半灵魂。当院方负责人了解我和安娜的经历后,他们终于同意了安娜来探病。

我的朋友带着安娜来到病房,刚开门,安娜就迫不及待地跳上我的病床。我太久没见着她,一不小心激动得哭了起来,它也兴奋地发出呜呜声。安娜不允许靠得太近,但它还是一个劲儿地往我身上蹭。直到探病时间到点,它才依依不舍地离开。

我回到家时发现安娜比我住院期间还要消瘦,轻轻拍拍它都会让它痛得嗷嗷叫。我带安娜去做了针灸和按摩,并注射了肌肉松弛剂来缓解疼痛。兽医给它的脊椎拍了X光,他们发现它的腰间盘上有个洞。

安娜与我在9·11搜救工作中出生入死共患难,我能够完成任务完全是它和上帝的支持。如今,尽管我能力有限,我也愿意不惜一切代价将它医治好。由于从归零地回来我一直在生病,已经有两个月的时间没上班。期间宾夕法尼亚大学兽医学院正在收集曾参与救援世贸中心和五角大楼搜救犬身体受毒素侵袭的样本,我带着安娜报名参加了这项研究。安娜每月治疗费用将近500美元,该研究小组将全权负责她的医疗费,他们甚至会多支付许多,都快赶上我一个月的房租了。兽医诊断安娜的主要器官受到了细菌和真菌感染,导致了脊椎退化,它也许再不能工作了。

当媒体得知安娜患病的消息,关于它的事迹便立刻成为国内新闻头条。人们对于安娜的关心扑面而来,我收到了来自全国各地的慰问卡、传真、鲜花和狗玩具,有的直接写寄给"新泽西州巴灵顿搜救犬安娜"。我甚至收到了来自以色列的Email。虽然我从未寻求过这样的关注度,但向人们讲述安娜的事迹已经成为自我调节心情的方式。

别了,安娜

2002年8月1日,安娜连抬头的力气都没有了。我急忙送它去宾夕法尼亚大学附属马修·J·赖安兽医院,却被告知安娜必须住院治疗。它的头无力地躺在我膝盖上,我在它耳边轻声说话,泪水止不住地流了下来。我的老德牧乔希像安娜的大姐姐一般关照它,那天也一直陪在我身边。到了医院安娜的兽医辛西娅·奥托博士立刻将它推进急救室。第二天,我接到了安娜临危的电话。我带上乔希赶到医院,只见安娜躺在隔离病房的病床上。我喊着它的名字,听出了我的声音,安娜费力地抬起头,它身下铺满了保暖的毛毯。乔希走过来与安娜道别,从头到鼻子嗅了一遍,最后一次亲了安娜脸庞,接着面露哀伤地走到了房间外的走廊上。兽医、研究院和医院员工都前来和安娜道别。感谢安娜为世贸中心搜救工作作出杰出的贡献,纵然有万分不舍,此时我也含泪向它道别。

不仅是我,所有了解安娜的人们对于它的离开都感到无比痛心。它是唯一一只由今日美国发布讣告的搜救犬，同时也感动许多民众自发地为奋斗在艰苦一线的搜救犬们寄送棉被。2003年美国人道协会基于安娜的9·11事件中的表现授予它起源奖。

尽管调查研究表明搜救犬在归零地和五角大楼搜救期间感染患病的可能很小，但我仍然觉得安娜是由于过度消耗体力而患病。过去安娜一直挨着我们睡觉，有天晚上我在床上睡觉时忽然闻到了它身上的独特气味，立刻醒了过来，说了一声"安娜，乖乖"。当然它不可能真的在，但是它永远活在我们心中。

安娜的继任者

我在Virtua Health工作前，曾在哈登菲尔德消防队兼职消防员，安娜也一同陪我工作。当地小学生在路过消防队都会给安娜一些小饼干从而希望得到它的一个吻，家长们则希望安娜能嗅嗅他们的孩子，这样万一小朋友不见了安娜可以帮助找到他们。

9·11袭击事件发生后，许多家长致电学校，询问该如何安慰家里嚎啕大哭的孩子们。在新闻发布后的24小时内，许多孩子们都会担心是不是很多人无法回家了。报纸刊登了安娜由于生病无法再进行搜救工作后，哈登菲尔德的孩子们再次陷入了哀伤。如果没有了安娜，谁还能找到那些失踪的人呢？

哈登菲尔德小学的老师帕姆·普罗布斯特希望调整孩子们的

消极情绪，它建议孩子们为我筹集资金来购置一条搜救犬。一个阳光灿烂冬季午后，700名小学生蹦蹦跳跳，一路欢歌笑语来到一所高中捐款，帕姆负责现场秩序。这一次募捐让我们整个社区的人们紧紧地团结在一起。

我花了9个月的时间找到了一条合适的德牧，名叫坦戈。这位来自荷兰的深黑色公犬有一个健壮有力的大脑袋。冥冥之中，我觉得是安娜指引了我找到它。

坦戈来的那天，一刹那我恍然觉得眼前就是我的好伙伴、好搭档安娜。孩子们看望我的时候也非常欢迎坦戈到来，他们做了一副标语，写着："坦戈，我们爱你。"孩子们围着它时，它开心得在地上翻来翻去。看到这滑稽的一幕，我忍不住大笑起来。可以肯定的是这只有趣的小狗将帮助我从哀伤中恢复过来，重新开始欢乐幸福的生活。

纪念安娜

安娜去世后一年左右，我应邀参加卡姆登消防展览，展品多为消防用具，我请求主办方也为搜救犬设置一个展区。到了展厅后，一位消防员向我走来，"莎拉·阿特拉斯，我一直在找你啊。我是9·11搜救时要求你寻找幸存者的消防队长，他们都是消防员被困在了楼梯底下，当时真的是太感谢你了。"那时整个废墟区域里都是电线、钢板和钢梁，几乎无法辨别底下的东西，但令人欣慰的是安娜依然成功地发现了两名消防员。所有的搜救犬在这次营救中都发挥了巨大作用。

9·11事件6周年纪念时，我应邀选读死者名单。由于我和安娜此前是第一批搜救队伍，因此这次我带着坦戈参加仪式。回到曾经奋斗的地方我感到十分荣幸，在我读完名单后，一位消防队长拦着我说："由衷地谢谢你的搜救犬找到了我们的兄弟，听到它去世了我感到很难过。"

安娜的遗产

安娜的勇气和善良一直鼓舞着我，2005年我成立搜救犬基金会。这是一家非盈利组织，帮助志愿者犬主更换无法再工作的搜救犬。许多人无法理解什么是志愿者搜救犬小队。其实我们现在看到的警犬、缉毒犬及消防部门的纵火监察犬都是由纳税人缴纳税金抚养的，而志愿者搜救犬的所有费用都是犬主个人承担，其中包括护理费、路费、培训费、医药费及日常餐费。虽然能够参与救援是无上的荣幸，但从一只小狗到完全具备搜救能力至少需要两到三年，而这期间产生的费用则可能高达1万美金。有时我们在训练小狗时发现它们害怕爬高或者有健康问题，就要立刻更换一只。

坦戈年纪轻轻已经显现出了具备良好的心理素质和身体机

能，这说明此前可能已经有人训练过它近一年的时间。非常感谢所有帮助我找到他的人们。

虽然我们素昧平生，但你们的好意我已深深地记在心里，我也希望尽自己最大的努力帮助其他和我一样的犬主重新找到合适的搜救犬。

2007年我们获得两笔500美金的赞助，成功地帮助犬主在搜救犬逝世或受伤重病期间找到了候补的小狗。我们的目标是每年争取有1万美元的赞助帮助有需要的犬主。

我无时无刻不在思念着安娜，为了它我成立了搜救犬基金会，希望能够帮助到更多的志愿者同仁；也希望能够鼓励更多的年轻人加入我们这项工作。我想安娜一定会喜欢的。

读后感

你曾经受到过狗狗的鼓舞而投身于公益事业中吗？

3

安慰治愈的使命

诗人们将之传唱,思想家们称之为终极智慧,这也是我生命中第一次看到真理——爱是人类孜孜以求激励生活的最高目标。

——维克多·埃米尔·弗兰克尔

天使之眼

黛·汤普森
弗吉尼亚弗雷德里克斯堡

丈夫丹给我的圣诞节礼物是一个，怎么说呢，脏兮兮、皱巴巴、湿漉漉还营养不良的小不点。那天他很晚才回家，在弗吉尼亚北向南方向的95号公路上堵了N久。他是益合实业有限公司零售部副总，所以在店铺关门休假前他要认真地盘点一番。

当他到达斯坦福店时，看到员工们围观一个过时的破旧篮子，一只瘦小的黑色小狗躺在一个臃肿的大枕头上，身上还搭着不成套的枕巾。可怜的小家伙显然是吓坏了，更糟糕的是它似乎受伤了。

一位上了年纪的妇女告诉我丈夫，它住在附近，想在商店打烊前买点东西，开车到停车场时看到一群男孩拿着棍子追打这只小狗。她立刻停下车解救了小狗，但小狗的眼睛受了重伤。老太太追问男孩们发生了什么事，他们却一哄而散。她只好抱着狗进了商店，虽然收入有限，但它还是给小狗买了一个二手篮子、一个枕头和一些狗粮。老太太塞了些钱给我丈夫，恳求他收留这只小狗，"拿着这些钱给它找个兽医看看吧。"说完就转身离开了。

员工们看着老太太离开，店铺经理问丹打算怎么办。他本想说"我们凭什么得听她的？"但他看着这只可怜的小东西，到嘴边的话又咽了回去，我总觉他对小动物向来是毫无抵抗力的。丹想了想，一鼓作气将小狗和狗粮一同抱上了车。

湿乎乎的小天使

丹把这只脏兮兮的小家伙抱来时我正在家里的办公室，它看上去可怜极了，不停地瑟瑟发抖。它很瘦，每根肋骨都清晰可见，毛发也暗淡无光和泥巴纠结在一起。由于还是一只很小的幼犬，尚看不出是什么品种。

我们家那只上了年纪的白色西伯利亚爱斯基摩犬妮基立刻跑来仔细观察这只小狗，从头嗅到尾，用它冰蓝色的眼睛聚精会神地看着小狗就再也不肯挪开半步。妮基决定了要好好保护它。

我将小狗抱到厨房，放上了一大盆热水。把它放到水里那会儿，小家伙终于放松了下来，用它那只完好的巧克力色眼睛温柔地看着我。我小心地清洗另一只受伤的眼睛，擦了些犬用抗生素软膏后贴了一片创可贴。

第二天一早,我们的兽医给小狗做了全身检查,诊断出它是被尖锐物体捅伤,右眼彻底失明了。我顿时为那些孩子们的行径感到心寒。兽医估算它大概六个月大,也许有一些拉布拉多血统,但他也不是很确定具体品种。小狗的耳朵很大,所以他猜测或许还有些威尔士矮脚狗的血统。我们唯一能指望的就是等它长大了,能看出来是什么品种。当然,也许永远都无法确定,但这对我们来说并不重要,对我们而言,它是独一无二的。

我们在独立日给它庆祝生日,喻意它逃离了那群男孩的折磨。黑色的小孤儿来到我们家就没什么好担心的了,眼下着急的呢倒是要给它取个名字。

接下来的日子,我发现妮基和小狗成了"连体婴儿",无论一只去哪儿,另一只一定紧紧跟着。小狗总习惯站在妮基的右前方,无论去哪儿都是双人行。小狗拐弯,妮基也拐弯;小狗停下,妮基也停下;小狗跑到外面玩,妮基也跟着去。

妮基已经15岁了,多多少少有些关节炎,视力也逐渐衰退,行动也迟缓了很多。它绝大多数时间都趴在书房的壁炉前,或者躺在我办公室的大枕头上。如今有了这只小狗,妮基精神了很多,腿脚都灵活了,还会骄傲地在院子里散步呢。

一周后,我带着小狗去疗养院做后续治疗,希望它受伤的眼睛可以康复。那天天气很好,所以临走时我打开了房门,这样妮基无聊的话也可以到院子里走动走动。我们回家时妮基正在后院不安的犬吠，小狗立刻冲了过去站在它右前方，妮基立刻安静了下来，俩家伙双双走回房间。

看到这一幕我明白了，妮基的视力已经完全退化，而我们这独眼的小狗则成为了它的导盲犬。我们决定为小狗取名为安琪儿，她就是妮基的守护天使。

安琪儿的治愈天性

妮基年轻时最喜欢坐在车上和我们一起去看望我的母亲。我母亲70多岁时由于肌肉硬化开始依靠医疗设施卧床不起。有时我不愿意带着妮基，因为它的关节炎，每次都要花费好长时间帮它上下车。但妈妈很想念它。

安琪儿的独眼似乎并没有给它带来任何负面影响，确保眼伤痊愈不会再感染后，我带着它去探望母亲。

疗养院有两条长长的走廊，右翼是康复病房，左翼是重症监护病房，母亲的病房就在左翼的尽头。途中我们路过了许多房间，安琪儿的到来引起了一阵小骚动。看到有人对它感兴趣，安琪儿就兴奋地往前冲，一个劲儿地努力挣脱狗链，想离他们近一些。但它能清楚地分辨哪些人喜欢它，哪些人害怕它。

到了母亲房间后，安琪儿马不停蹄地跑到她床边，用爪子搭着床沿，满怀期待地看着我，我顺意将它抱上床。母亲立刻张开怀抱拥抱了这只黑色的小狗，安琪儿舒服地蜷在她怀中，一直到探访结束。

有只小狗来访的消息很快传遍了疗养院各个角落，病友、工作人员都前来"围观"。安琪儿允许别人抚摸她，但绝不离开母亲的怀抱。从那以后，安琪儿成为中心的常驻访客，每次我们一到那儿，就会有人广播似的通知所有人"安琪儿来啦"。

安琪儿仅用了几次就记住了母亲的病房，之后它完全不需要牵引就能自己找到房间。它从没想去其他房间的意思，也从不会跳上母亲室友的床。每次安琪儿来探望母亲时，隔壁床的伊迪娜都在睡觉（她有一百多岁了吧）。无论是我还是母亲都没有听过她说话，甚至没见过她睁开眼睛。护士说她已经很多年没有开口说话了。

有天来探访时我照旧没有拴着安琪儿，它一路跑得飞快，沿途向各位病友"问好"后就直奔母亲房间，但这回它没直接跳上母亲的床，而是偎依在伊迪娜的床头。这一次，伊迪娜醒了过来。也不知道她怕不怕狗，另外我也担心她那薄如白纸的皮肤会因为安琪儿的毛发过敏，我立刻冲了过去打算将小狗抱走。可伊迪娜的眼睛始终看着安琪儿，喃喃自语"你看到了吗？多么可爱的小家伙啊"。接着，她轻声对安琪儿说了许多话。其间，一位护士进来换水看到这一幕转身就跑回了大厅，我想这回自己大概是摊上麻烦了，真不该让安琪儿呆在人家床头。不一会儿，两名护士进来了，我正要把安琪儿抱走，她们阻止了我并要求让它多呆会儿。我们就站在那里，看着这位虚弱的老太太絮絮叨叨地和小狗说话。安琪儿安静地躺在她床头，枕着她的肩膀，棕色的眼睛凝视着伊迪娜疲倦的双眼，几分钟后，伊迪娜又沉睡了过去。安琪儿立马跳了下来，来到母亲的怀抱求爱抚。

之后，安琪儿的探访任务又多了一条——听伊迪娜说话。每次来它都会先陪一会儿伊迪娜，再来陪母亲。令人惊讶的是此前伊迪娜从未和任何人说过话，包括她的家人。当她女儿知道这个传言时表示难以置信，直到眼见为实。几个月后，伊迪娜逝世了，她的女儿说，安琪儿的陪伴是伊迪娜弥留之际最美好的礼物。

安琪儿拐错了弯儿

又过了几个月，我带着安琪儿去疗养院例行探望时依旧没牵着它。可这次它没有走到左翼而是毫无征兆地跑到了右翼的康复中心。近一半的病人坐着轮椅围在护士站四周。

在我们追上它之前,它跑到了一位无精打采坐在轮椅上的男子那儿,把小爪子轻轻地放在他膝盖间。男子抬起头,看到是只小狗时,他整个儿神情都变了,就像阳光照耀在脸上一般,瞬间神采奕奕。他伸出手臂捧着安琪儿的脸,开始絮絮叨叨地聊天。尽管他发音都不连贯,但他仅有的半张脸上布满了笑容(另外半张因为肌肉松弛而变得畸形)。

护理人员再一次被这场景惊呆了。当我想带安琪儿离开时,护士示意我打住。一个护士跑到大厅请来了语言治疗师,他看到男

子试图与安琪儿说话时也很是惊讶。治疗师告诉我，这个男子最近刚遭遇了一次中风，目前正在康复期，但到目前为止他拒绝一切企图让他说话的方式，而安琪儿却让他有说有笑了整整15分钟！

因此，我们又有了一项常规"任务"。每次到疗养院我们都会先去康复区，几乎每次都能遇到那位只愿和安琪儿说话的男子，他看到安琪儿的到来就如同看到明星一般热情。每一次，他说话的流畅程度都有提高。终于有一天，他离开了康复中心。在他离开后，安琪儿还去过一次康复区，似乎这一次它确定了他已经离开了，从此它再也没走过那条路。

几周后的一天，我带着安琪儿在母亲房里陪她，忽然一位女士走了进来。她先是抱歉打扰了，接着问我是不是这只小狗坚持看望了她丈夫几周。她说她丈夫刚来疗养院时情绪非常低落，当时她还担心丈夫会不会一直这么抑郁下去。她坚信是安琪儿的出现才使得她丈夫能够痊愈。男子非常喜欢安琪儿，因此他妻子给他买了一只黑色的小狗。看到安琪儿对一位病人的康复起了如此大的作用，我感到非常惊讶。

安琪儿的遗产

尽管安琪儿从未接受过治疗犬的训练，但它一直尽职尽责地扮演着治疗犬，它不仅帮助病人康复，它还为妮基导盲。但它自己却没有任何征兆地就病倒了,来我们家的第十二年安琪儿患上了急性心脏病。它在我的办公室里静静地离开了,躺在妮基留下的那张毛茸茸的床上。

尽管安琪儿在来我们家之前经历了许多不幸,但它从没有消沉或是惧怕人类。它似乎总是知道谁想摸摸她就尽量去满足他们。除了男孩儿们欺负它那段可怕的经历,它还很非常喜欢小朋友的。

每一个和它接触的人都感受到了她纯洁无瑕的爱与真挚无比的忠诚。在停车场将安琪儿托付给我们的老太太也是一位忠实的朋友。之后的几年里,当丹去斯坦福店铺时,遇到过她几次。每次她都热心地追问安琪儿的近况。有一年,她在店里留了一个信封给安琪儿,里面放着一张生日卡片和10美元的支票,指明是要给安琪儿买狗粮用的。也许安琪儿一生中最大的贡献就是帮助康复区那位中风的患者重新开口说话。当我们看到安琪儿耐心地听男子说话时,旁边的一名护工说,"他在安琪儿的眼中看到了新生。"

这就是安琪儿的遗产。

读后感

你有没有被狗狗或者其他动物鼓舞信心、激发潜能的经历呢?你见过被人遗弃或者暴力对待的狗狗重新相信人类的例子吗?

祈祷吧，雷尼盖特

盖尔·C·帕克
宾夕法尼亚州费城

不久前，我亲爱的爱尔兰赛特犬里贝尔离开了人世。我的朋友里奇和简邀请我去看看他们五个月大的爱尔兰赛特猎犬布雷迪。他们说这只小狗的生日是11月23日，正好与里贝尔是同一天生日。尽管我并没打算这么快要只小狗，但得知它们生日如此巧合时，我决定去见见它。

在里奇和简家里客厅时，一只帅气的赛特犬与我四目相视。他看上去远不止五个月大，里奇告诉我这是布雷迪的哥哥，雷尼盖特。里奇夫妇看到我与雷尼盖特之间心有灵犀的样子，明白了我的选择。

由于雷尼盖特是只爱尔兰赛特犬，我联想到爱尔兰及爱尔兰起义之间的关系，给它取名为雷尼盖特（译作：起义）。当我喊它的新名字时，小狗开心地认同了这个伴随它一生的名字。回家路上雷尼盖特一直站在我膝盖上，到了家里以后它似乎对每一处都很了解，仿佛是它一直在等待我的出现直到今天（1989年4月）。

雷尼盖特想要份更有存在感的工作

雷尼盖特性格温和，长相标致，我便决定带它上犬类评比会场。爱尔兰塞特犬天性活泼，喜欢玩耍，然而小家伙在会场毫无兴致可言，我了解它，有着闪光灯的会场并不是它的追求。塞特犬活泼好动，必须得给他们找点儿"活儿"才行。我唯一在行的是摄影，但明显不适合雷尼盖特。1990年前后，宠物治疗法开始逐渐流行起来。我的朋友玛丽·艾伦·塔曼鼓励我也去试试，因为周围还没有人训练狗作为治疗犬的先例，我还有些犹豫。

自从雷尼盖特去上了宠物训练学校后，我发觉它非常听指挥。看到他和邻家孩子老人开心地玩成一片，我想它一定愿意和人打交道。雷尼盖特从不害怕任何一样交通工具，无论小孩在人行道上开的电动汽车、行人、自行车、轮椅，还是机动车。它喜欢乘车兜风，在别人家做客时也很有礼貌。我的一只眼有深度识别障碍，雷尼盖特则开始帮我留心脚下及其他地方。种种迹象都表明，雷尼盖特具备了服务犬的天然属性。

我来到教堂，为雷尼盖特祈祷，希望能够得到高人的指导，让雷尼盖特有朝一日成为治疗犬。在我祷告后不久，一个通告出现在宾夕法尼亚圣艾伯特亨廷顿谷大教堂的星期日公告里：诚邀志愿者走访当地养老院。

看到这个通告时，我立刻填好了申请表，并备注希望中心能够允许我带上雷尼盖特一同前往。寄出表格后，教堂该项目负责人说我要亲自与养老院管理人员沟通能否带狗陪同。

随后我安排了与院方活动负责人伊薇特会面。刚进养老院大门就看到一块大招牌上写着"本院有宠物治疗"。一些老大爷希望院方能够允许大型犬进入，给养老院带来一些生气。雷尼盖特就是老人们祈祷的"救星"，就更不用说这儿还是推广"宠物治疗"的绝佳好去处。

养老院的修女们热情地欢迎了我们，还安抚了我的紧张情绪。雷尼盖特很快开始了新工作，它目的明确，比起评比大赛，它可是爱极了这份工作。

雷尼盖特神圣的服务

无论几时到达养老院，雷尼盖特和我都会在大厅和老人们一一问好，随后便前往各个房间和休息室。令我感到惊讶的是，雷尼盖特每次来养老院都要在小教堂前待一会儿，望着祭台出神。当它默默地祷告结束后，才会开心地继续探访。虽然我从未教过雷尼盖特在探访养老院前应先到教堂祷告，但它似乎生来就知道该怎么做。雷尼盖特的猎犬血统在工作中得到了充分体现，如果我事先定好了要探访的对象，雷尼盖特完全能够靠自己找到指定的老人。慢慢地我发现自己和雷尼盖特的角色调了个儿，我不再是它的主人，而是他的司机。我也几乎不怎么牵狗链，而是让它走在前头。它很清楚哪些老人喜欢和我们聊天但不敢接近，哪些老人喜欢爱抚它，哪些老人喜欢亲亲它。雷尼盖特总给人一种想拥抱亲近的感觉。为了保持雷尼盖特的这些特性，我开始学习如何帮助残疾人起居，试着了解他们喜欢怎样的交流方式。我希望能以一种轻松自如的状态与他们交流，避免让他们感到压力。残疾人本身内心就比较脆弱，加上行动不便使得他们更容易郁郁寡欢。我渐渐发觉坐着与他们聊天能更好地拉近彼此间的距离；盲人也并不介意你说："见到你真好"，他们希望在路面不平的时候周围有人能扶上一把。通过雷尼盖特与他们的接触，我感到残疾人和我们普通人一样，只不过稍稍行动不便而已。

　　雷尼盖特的行为让我明白狗并不在意肤色、信仰、种族、年龄、能力或者任何特长，他们只在乎人的本职是否善良真诚。如果人们都像他们一样处事，这个世界会变得更加美好吧。雷尼盖特的点滴举动也渐渐使我变得更好。

H女士康复了

养老院的H女士患有中风,有时病发起来非常严重。我们到养老院时,她总会坐在大厅休息,她总对着雷尼盖特说:"养老院不是狗儿待的地方,要不是盖尔非要带你来,你就该离得远远的。"其他老人受不了她对着我们长篇大论,宁愿起身离开。

过去我对H女士一直敬而远之,但雷尼盖特一贯坚持众人皆平等,所以我对老太太还不错,除了受不了她的冷嘲热讽。和对其他老人一样,我每次都会开心地和她打招呼,有时称赞她裙子很漂亮,有时和她谈谈天气,试着带动她谈话的兴趣。有天我们来到休息大厅时,H女士背对着我们,轮椅上绑着生日气球。我走上前真心地祝她生日快乐,天天都有好心情。一反往常斥责的语气,H女士欣然接受了我的祝福并表示感谢。打那儿以后,H女士对我们友好起来,她也成了我们探访的固定对象。

在一次走访中,我在休息室没看到H女士,雷尼盖特带我到以前未到过的房间,H女士虚弱无力地躺在带轮子的躺椅上。看到我们在门口,她艰难地示意我们进来,在我耳边悄悄地说:"谢谢你们还记得来看我。"这时我对她充满了敬畏,同时十分感谢这一时刻,如果说上帝真的存在的话,那么也就是在此刻了。之后我们再也没见过H女士,那天之后她就离开了人世。但她临终前的那番话我始终铭记在心,此番嘉奖比任何评比大赛的奖杯都来得珍贵。

雷尼盖特最后的礼物

雷尼盖特从事宠物治疗工作快十年了,11岁左右时它患上了神经退化性颈椎病,这是狗狗中的常见病,但却没有任何药物可以医治。雷尼盖特状态好的时候可以走上几个街区,然后病发时只能躺在家里草坪上休息。虽然它没有特别的病痛,却依然越来越虚弱,医生说这种疾病在逐步地侵蚀着它的身体。不久它便患上了喉咙麻痹症,连呼吸都变得分外困难,我只好用冰袋敷在它喉咙上减缓不适。雷尼盖特喜欢汽车和公园,所以我开车带它兜风时都会去风景优美的地方。我坐在栅栏上,它就静静地躺在草地上。有时会有一位女士带着她上了年纪的吉娃娃和我们一块儿休息。虽然雷尼盖特现在出门都很困难,但看得出来它非常想去养老院和老人们道别,为了完成它这个小小的心愿,我最后一次带雷尼盖特去了养老院。它花了绝大多数时间陪着休息室一位孤独的老人,老人受到如此的重视感到非常开心。当我离开休息室时,雷尼盖特不愿跟随我,而是选择继续陪着老人,我也就顺着它的意思让他们独处。

这是我最后一次探访养老院,也是我唯一一次流着泪离开,对雷尼盖特的思念之情难以言表。它是我的良师益友,教会我看到人性的闪光点。雷尼盖特不仅是我最好的朋友,它也是我们小区街坊共同的朋友。雷尼盖特因病变得越来越虚弱时,它曾经探望过的一位老人蹒跚着走过一大片甘蔗地赶来看他。老人非常感谢雷尼盖特曾探望过她,而她能为雷尼盖特做的最后一件事就是这样静静地陪在它身边。之后,老人私下里透露说尽管雷尼盖特过世了,但她依然会对着雷尼盖特的照片唠嗑。我亲爱的雷尼盖特,自始至终都尽到治疗犬的职责。

读后感

经过了深思熟虑,你会怎样遵从上帝的意识来服务大众?

我的哀伤辅导搭档——塔夫

卡拉·萝丝博士
马萨诸塞州波士顿

塔夫12周大的时候就是我的哀伤辅导搭档。如今它已3岁了,已经长成了一个健硕的骑士查理王小猎犬。塔夫性格开朗,体型较小,前额上有一块漂亮的白斑。凡看过它那双温柔迷人的棕色大眼睛,无论男女老少都会深陷其中。

2004年年初,我心爱的金毛逝世了,同年8月我收养了塔夫。大女儿简妮·凯特成为塔夫斯大学的新生,塔夫顺其自然地成为大学曲棍球队的吉祥物,四年间与球队一同前往各处比赛。这就是塔夫名字的由来。

塔夫和我在三角社区注册成为宠物拍档小队,并庆祝了它的第一个生日。四个月后,塔夫通过山间动物治疗协会ITA(Inermountain Therapy Animals)考试成为注册助读犬,帮助那些阅读困难的人们克服心理障碍,放松心情再进行阅读。塔夫陪着孩子们读书能让他们的阅读变得更加容易,有时我会和它搭档表演,让孩子们进一步了解书中难懂的部分。

塔夫的宠物治疗师之旅

在我患乳腺癌治愈出院后,塔夫和我会定期去探望伯灵顿莱黑临床医学中心的癌症病人。在医院通知栏醒目的位置上写着"宠物治疗师—塔夫"。我发现它在陪同病人等待检查时会主动要求与他们亲近,它憨态可掬的可爱模样,逗得原本情绪低落,甚至绝望的病人们一展笑颜。有的医院工作人员会专门跑到癌症治疗区给塔夫打个招呼或是抱一抱这只富有爱心的小狗。许多出院病人回医院复诊时都会想起塔夫陪伴的日子。有位病人每天来医院检查时,都会先到接待台抚摸一下塔夫放大版的照片,接着再从额头到两肩划十字祈祷平安。我想大概许多病人在检查前都有这么个仪式。

一想到小儿子安德鲁去上大学后我就成了独身家庭主妇,便开始寻思着该做点儿什么,如果能和我喜爱的小动物们一起从事哀伤治疗就最好不过了。塔夫在陪伴我治疗乳腺癌的日子里表现得非常出色,或许这就是上帝在指引他成为一只医疗犬。也许我的专业经历结合塔夫天生的治愈能力会带我步入今后精彩生活,找到充满另一种意义的生活方式。

塔夫参与悲伤辅导和治疗创伤反应

我是校园和工作场所治疗暴力创伤专家,也曾在运输部门训练过大型灾难和恐怖活动的应急治疗。我开始带着塔夫和当地警察、消防员、紧急医疗救护技术员(EMTS)以及危机事件压力管理(CISM)的牧师一起训练,现在我们已经成为马萨诸塞州CISM人犬医疗小组成员,这就意味着我们能够正式参与大型灾难(诸如空难、火灾及恐怖袭击等)的灾后心理辅导工作。

我明白这份工作需要非常专业的知识和时刻保持冷静的能力才能顺利地应对各种灾难,同时塔夫也能够在无论多么紧张嘈杂环境中保持镇定。灾后创伤不仅针对遇难者,对于灾难现场的急救人员,例如警察、消防员、救护员、目击证人、医院工作人员乃至牧师而言都有着一定的影响。为了避免他们在未来的几周可能出现的不良情绪反应,我主要负责引导急救人员正确面对这些紧急情况。规范的创伤辅导不仅能在一个月内降低急救人员的焦躁情绪,同时也能抑制创伤反应引起的其他障碍性症状,而这些症状则可能影响他们的家庭和工作。在危机后期,有的急救人员会选择退出,或被隔离,他们可能会出现精神恍惚、情绪低落甚至抑郁都是常见现象。但至关重要的是事情过后,他们要能够重新回到正常人的生活,能够感受喜怒哀乐而不是身负内疚的情绪。可爱的塔夫则恰到好处成了不偏不倚的倾听者，急救人员可以无拘无束地发表意见而不会产生内疚感，这只毛茸茸的17磅重的小家伙为他们重新搭建了沟通外界的桥梁。塔夫的皮肤是浅浅的淡粉色，和暗红色的爪子搭配在一起像极了瑟斯博士笔下的圣诞怪杰。当人们抚摸它时，它会展露一个大大的笑脸。塔夫有着神奇的治愈能力，似乎人们只要亲亲它的小鼻子，抚摸它顺亮的毛发都能舒缓他们内心的痛苦，它那双深邃的眼睛仿佛在说："别担心，有我在。"

塔夫温柔地依偎在那些向我们寻求安稳，分享悲伤经历的人们身边。它为我提供了一个与患者沟通的平台，让我能够有机会给予他们正确的引导。这些关于灾难的回忆和经验对于打破前期治疗瓶颈有着宝贵意义，帮助患者建立信心，并让他们重拾康复的希望。我也会倾向性地指导他们在未来的日子里，如何利用外部资源、探索可能有用的媒介帮助康复。

塔夫的准备工作

听到我说"小子，准备上班咯"，塔夫会立刻做出严肃认真的站立姿势，接着我给塔夫穿上由危机事件压力管理（CISM）颁发的印有塔夫铭牌的马甲；一个口袋装着我们的照片和紧急联系信息，另一个口袋放着保护基督的饰物，上面有圣克里斯托弗、圣·弗朗西斯和圣母玛利亚。此外，我还会给它准备一个蓬松的浅绿色大枕头以便它休息的时候用。每次我在收拾东西准备出门时,塔夫都会耐心地跟在左右。它看着我将所有必需品装进超大的紫色背包里,里面有我防火防尖锐物品的靴子、它的护目镜、瓶装纯净水以及一些食物。我们的背包肩带上附有荧光带,眩光防护镜和身份牌(并带有GPS功能,以防我俩走散时可以定位塔夫)。另外还要装上塔夫的骨折、创伤、眼伤急用药品,我随身会带上笔记本、铅笔、手机、收音机、手电筒和最最重要的面巾纸(面对灾难总是难以控制住泪水)。每次外出工作时,我让塔夫坐在我膝盖上,捧着它的脸对它说:"我们的使命就是至少让一个人感受到关怀和温暖。"途中,我会告诉塔夫这次我们要去哪儿和为什么要去,它总是安静地坐在副驾位上,盯着挡风玻璃出神。塔夫就是这样整装待发地履行我们的使命。

塔夫的现场表现

抵达现场后,周围对塔夫的质疑、人们悲伤的情绪都激励着它更加昂首挺胸地积极工作。我仔细观察它无论是多么混乱的环境,都能不慌不忙地迈好每一步。我们负责向现场事故指挥官报告工作。在一桩校园惨案发生后的几周时间里,我们要找到相关的辅导员、工作人员和校医了解情况。在现场我看到塔夫毫无畏惧,跟着我自然地穿梭于人群。仿佛它带着一种自信光环,坚信自己一定能够找到需要帮助的人。当我们去危机管理中心做笔录时，塔夫安静地坐在那儿，看着那些悲伤的人群进出。是的，我们身处于那些最饱受伤痛折磨的人群之中。

重返现场

无论塔夫是否在常去的地方，还是走访校园辅导室、教室、食堂、学生休息室，甚至是灾难发生地，它的出现都能给人们以安慰。若是遇上害怕再次面对难情的大人或者小孩，塔夫更需要镇定地帮助他们渡过难关。

我们有时会被要求在事故现场或者附近进行治疗。我们需要人们描述灾难发生时的情景，这样有助于我们找到合适的切入点来帮助他们舒缓焦虑情绪。有些人在回忆时会明显感到身体不适，甚至出现恶心的感觉，但我发现如果他们轻抚宠物就能很好地抑制这类会导致呕吐的神经性反应。

工作之余，我会带着塔夫躺在事故现场周围的空地小憩一会儿。忽然有三四十人静静地向我们走来，有的抱着塔夫，有的相互依偎。塔夫本能地走向最难过的人身边，爬上他的膝头，把脸凑到他的胸口，与他四目对望一会儿再走到另一个人身边，重复一遍。这并不是在"卖萌"，塔夫就像一位慈祥的老奶奶安慰着这些正在经受痛苦的人们。塔夫能够感受到周遭的人们的情绪高低，如果大家都感到悲伤，它也会立刻变得严肃起来；如果几天后，气氛好转，他也会跟着活泼起来。人们回以微笑的同时往往伴随着内疚和羞愧，毕竟灾难带走了他们的亲朋好友，塔夫的存在就是为了让他们重新振作起来。

塔夫前往弗吉尼亚理工大学

2007年4月16日，弗吉尼亚理工大学发生了校园枪击案，导致32名学生和1名工作人员死亡，我和塔夫被紧急增派进行救援，听从指挥部署。4月23日，我们首先对返校的师生们进行了心理辅导。抵达弗吉尼亚理工大学后，塔夫受到了大学生们的一致欢迎，它正好满足了学生们希望与家人、宠物们在一起的渴望。学生们轻抚着塔夫柔软的皮毛，伏在它身上流泪。塔夫就像是吸收悲伤且充满爱的海绵，分担他们的忧伤。学生及各界人士纷纷表示了对我们的感谢，称赞我们的心理辅导是枪击案发生后最重要的工作。塔夫帮助他们放下了沉重的心理负担（哪怕是他们麻木不仁时，塔夫的毛发也给予极大的安慰），逐步恢复健康。在学校食堂吃饭时，食堂员工看到我们总是难以抑制内心的情绪，想向我们倾诉关于校园枪击案的悲伤回忆。

在学生会参观日，我和塔夫坐的长椅上挤满了学生、教员，杰姆斯麦迪逊大学的志愿者在学生会墙上挂满了鼓舞激励的纪念旗帜，而塔夫给予他们的是独一无二、只有狗狗才可以表达的关怀。在我们工作的第一周过后，我欣喜地看到孩子们的生活重新步入正轨，他们又回到了轻松愉快的大学生活，跳跳摇摆舞，参加乐队，摆弄发型，参与社会活动，平静放松地相互问候。塔夫也集合了大家所有常态于一身，当然对它而言，安静地睡上一觉才是向世人宣布这里的一切重归和平了。

最令我难忘的是管理员带我们参观了两位来自北卡罗来纳州的妇女，她们仅用了几天时间，就织出了一面厚实的羊毛国旗。她们巧妙地在原本是星星图案的角落里绣上了"我们将永远铭记2007年4月16日"。管理员刚收到这面旗帜便邀请我们一起合影留念。

校方为我们饯行时赠与了弗吉尼亚理工大学鸟鸟队的最后一枚纪念胸针，球队精神遍布整个校园，我们自豪地穿着球队同色系的衣服。塔夫一直将胸针别在小马甲上，始终提醒着我这一次"仁爱行动"。那时留下的珍贵照片记录数以千计的人们与我们分享他们的忧愁和悲伤，他们向塔夫和我，向全世界展示了在人生中最黑暗的时刻克服困难勇往直前的坚定信念。

塔夫效应

塔夫醒目的马甲引得许多人问我们怎么会去了那儿，了解情况后，我们被邀请参加了福音卡拉OK和圣经韩国学习小组，甚至被邀请参加了一场准备了六个月之久的毕业舞会。每个人对塔夫都充满了好奇，它的经历很快便传开了，学生们就像gossip girl一样能准确定位我们的位置，无论走到哪儿，第一时间便所有人都知道了，大家都觉得奇妙极了。回顾此前的经历，我非常感谢所有的孩子们、教师、辅导员、第一急救员、政府职员以及当地警察，CISM急救员通过书信面谈等方式也传达了他们对我的谢意。许多家长和大学所在社区居民都认为塔夫搭建了缓解伤痛的关键性桥梁。那时我们没日没夜地工作，塔夫也丝毫没表露出疲倦。我们在教室、纪念馆和追悼会上感动了许多人，可我却觉得自己才是被感动的那个。我永远都不会忘记在校园里发生的一切。

塔夫担以重任

2007年1月，作为社区恢复重建的一部分，我们被派往波士顿西部善后一起贵族高中谋杀案，恰逢学校毕业典礼前夕，两名应届毕业生死亡。塔夫的工作受到了大家一致的赞赏和感谢，在几千名神父和朋友们的欢呼声中，它在毕业典礼上被授予了荣誉文凭。多年来，媒体一直报道塔夫和我一起做的哀伤辅导。波士顿环球报的几个专版都报道了我们在莱黑临床医学中心服务癌症病人，在学校的创伤反应治疗，以及在弗吉尼亚理工大学枪击案中的哀伤辅导。ABC下属的波士顿电台及报刊和德国一家报刊都相继报道了我们在弗吉尼亚理工大学惨案的事后工作。我很高兴看到公众对于治疗犬能够在灾难后扮演桥梁角色认识的加深,而最让我有成就感的是塔夫确实能够感动他人。弗吉尼亚理工大学的一位教师说道:"在所有的创伤治疗中,我发现治疗犬最为有效。即使每个人都在悲伤,它也可以给予正能量的微笑。"

读后感

当你陷入深深的悲伤时,是否出现过一只小狗安慰你呢?它是怎么做的呢?

嗅癌犬科比

玛利亚·富里安泽·里奥斯
加利福尼亚圣拉斐尔

我们的这只黄拉拉（拉布拉多）科比，三个月大的时候就能让我知道在一窝12只小狗中它最想跟我走，一个劲儿地缠着我，直到我明白了它的意思为止。这小家伙真是世界上最可爱的小狗。

科比在磨牙期时，几乎是见啥咬啥，连墙都不放过。所幸的是我正好打算装修房子，干脆等它过了磨牙期一道开工。

由于工作原因，我每天要外出10个小时，只好把科比寄养在离家10分钟路程的宠物中心。中心老板柯克·特纳与加利福尼亚州肯特菲尔德市的松鼠街基金会一起致力于乳腺癌和肺癌呼吸检测的临床研究，利用狗敏锐的嗅觉来检测癌细胞。我向柯克提议，科比也能胜任这项工作。

当需要研究另一类家犬时，科比加入了，尽管那时它还不满一岁。这是一支有五只宠物犬和工作犬组成研究小组；这些工作犬都是向导盲犬中心借来的。它和其他的狗在学会了警示和判定癌症患者呼出气体中的乳腺癌和肺癌癌细胞之后，检测成功率高达90%。在癌症早期的检测中，科比的鼻子简直相当于一台"检测设备"。

科比练习新技能

科比非常喜欢这个工作，每当我说，"科比，上班儿去不？"它就会高兴地从床上跳起来，蹦蹦跳跳地跑下楼上车，还会把头伸出车窗外看我在哪儿，"得快一点儿去上班才行啊"。参与这项研究的狗都不具备攻击性，结束了一天工作后它们也都各自回家。在松树街基金会它们有固定的玩耍时间，定时检查身体，按时吃饭。我上班前会将科比送到宠物中心，柯克每周会带它们到一位志愿者经营的宾馆进行训练几次，下班回家时我再去中心接它。科比很快学会了所有指令,完成动作时充满热情。教练首先用响片进行训练(敲击声让狗分辨不同的指令),动作完成后会给予适当奖励。测试人员会将样品一字排开,当狗判断出了癌症患者样品时,他会坐在样品前。样品是人呼出的气体,通过含有聚丙烯有机蒸汽取样管,利用合成的"羊毛"进行收集。样品包括最近被诊断出患有肺癌或乳腺癌患者和健康的人士提供的呼气样本。呼气样本存放在一个塑料顶端戳孔容器中,确保狗能不受外界干扰地嗅出气味。松树街基金会公布的事迹数据都来自双盲测试,房间里没有人知道样品属性,狗狗的反应只是简单地记录下来(例如狗坐在了2号样品前)再进行评价。整个测试阶段狗都不会被鼓励或者表扬。

科比观察实验的认真模样可爱极了,大家都喜欢它,对它的准确性也是啧啧称叹。每当它辨别一个癌症样本时教练就会敲击响片示意并奖励它一点小零食。但它有时会重新返回到阳性样品前再次判定,希望教练能再给点儿零食。这下教练不得不抓住它的项圈阻止它,科比很快明白这样投机取巧是不对的。它嗅样品的速度很快并且非常自信,几乎不怎么花时间就能完成,因为它知道做完了工作会有零食奖励。起初它会挨个嗅样品再选定一个。现在一旦它嗅出癌症样品时便会立刻停下来,示意我们找到了目标样品。它真是棒极了!无论何时我去训练中心接它时,柯克都会大大地表扬它一番,称赞它是最优秀的嗅癌犬之一。

科比将新技能带回家

虽然科比逐渐掌握了嗅癌的技能,却也令我左右为难了。一位女士来到我家希望科比能嗅一嗅她,因为她怀疑自己患了癌症。我十分犹豫,这样做合适吗?在松鼠街基金会的网站的"常见问题"中,有一个就是询问是否人人都能训练一只狗来检测癌症。这一讨论引起了广泛的道德舆论关注,这样的测试结果又是否可以信任呢?如果狗判断错误呢?假设狗判断正确,那病人又是哪种癌症呢?这些信息对于病人来说至关重要,但狗却无法告知。有次我们去狗狗公园,科比不停地对着一位男士犬吠。松鼠街基金会还没有公布研究结果,眼下就陷入道德困境:我还不想有人报警说他被认为患有癌症。我个人认为狗可以在医疗设备和诊断测试前检测癌症可能性。科比之前在公园辨别的那位男士可以考虑进行一些常规的体检,而癌症早期的诊断也不存在对错可言。科比曾见过我弟弟的婆婆,那会儿他没有任何特殊反应。但随后老太太被诊断为卵巢癌时科比刚加入了研究项目。他通常都是很乖巧懂事儿的,不会乱吼,除非有人在门口。有一次他看到一位患了卵巢癌的女士,便不停地吼她,跟着她穿过房子,甚至等她关上了门走进了一个不同的房间还在不停地吼。几周后,这位女士便去世了。

科比名声大噪

　　松鼠街基金会在《癌症综合治疗》正式发表嗅癌犬这项研究成果，媒体采访接踵而来。由于从测试人员训练科比辨别气味至今已有几年时间了，在《今日秀》节目的全国转播前，我们必须给科比进行复习。然而，它在节目现场辨别癌症样本准确率高达100%。这项研究结果受到了多方媒体的关注，从"纽约时报"、美国有线电视新闻网、《大观月刊》和《预防期刊》、英国广播公司以及探索频道到日本、中国和智利等等国际电视台，都曾前来拍摄科比的纪录片。我一直被禁止观看科比的癌症检测实验，因为研究人员认为我的存在会分散它的注意力。在研究报告发表的前一年，我带着科比去拍纪录片，驯犬师当时没在现场，所以我躲在窗帘后面看他们拍摄。工作人员放开科比时，它不是去寻找肿瘤样本，而是直奔窗帘，我就像是暴露了身份的奥兹男巫，而科比得意地坐着摇尾巴，仿佛在说，"看，我找到你了！"它这么做使得我不得不离开现场，所以我也就再没机会看它的精彩表演了。后来我听说它成功地辨别了现场所有样本。另外值得一提的是，在拍摄《今日秀》节目前，我们带科比去了松鼠街基金诊所，里面存放的气体样品大概都有一两年了，我们不确定科比是否有能力辨别出这些"重口味"的气体。但令我们惊讶的是它发现了所有的癌症样本！诊所的人称它为"科比大师",它真的很擅长这项工作。

科比不幸逝世

科比忽然开始不停地咳嗽,我带它去看了兽医,开了些抗生素。但几周后,咳嗽仍然不见好转,医生给它做了X光检查。讽刺的是,它得了淋巴瘤。我们尝试了一切可以做到的来挽救它的生命。基金会也给予了我们很多帮助,他们甚至建议用于人类癌症患者的注射剂和一些草药。科比得癌症时只有三岁,曾经它非常健康,突如其来的疾病一下子将它击垮了。我开始研究要如何帮助它渡过难关,给它阅读关于狗战胜癌症的书籍。我试图想明白究竟是让它通过化疗或是自然死亡。如果不进行任何治疗,科比只有六个月可活。2006年3月,科比在被诊断出癌症两周后由于并发症的发作去世了,同月是我的生日也是研究结果发表的日子。这对我来说是一个残酷的事实,它原本可以在第二次化疗后减轻发病几率。癌症不会传染,所以我认为这和它嗅癌犬的工作没有任何联系。

悼念科比

我难以接受的是科比治疗后仅仅两周就去世了。如果它不做化疗,还有六个月的期限。唯一的安慰是,它没有任何痛苦,走的时候也很平静。科比讨厌吃药看兽医,它是个非常敏感的孩子,生病让它郁闷极了。从小到大我们家都有养宠物,但没有一只是真正属于我的。我没有孩子,科比就是我的心肝宝贝。它是我的第一只狗,是我的知己,如影相随。我妈时常跟我爸说,"我真的想要一个人类的小孙子,不是狗狗孙儿。"科比的离世对我和我的未婚夫理查德都是沉重一击。它生病的时候,理查德也行动不便,也呆在家给他做伴,谁也离不开谁。现在科比走了,整个房子都显得空荡荡。有时我会疯狂地对科比的思念麻木工作,但事实上我和理查德都难以自拔地陷入哀思。尽管它的肉身消失了,但我们仍然觉得它的灵魂还在屋子里。在它去世后不久的一天夜里,我忽然醒来,似乎听见科比从楼上跑下来的声音。第二天早晨,我告诉理查德昨晚听到的声音,他惊讶地表示听到了同样的声音。

未来的婆婆在我们出城时习惯和科比在一起。科比去世的那天,她和我们一道去医院看它。科比离开后,她躺在家里的床上时,总能在床头听到科比特有的喘息声。婆婆的话更加坚定了我的感觉——科比从未离开过。它活着的时候,总是透过前门的玻璃观望,这样它能第一时间看到我们回家。在它死后的一天,我推开门时没有碰到任何东西,门却弹了回来。这个回弹让我措手不及,因为门击中的正是科比曾经守望我们的地方。

科比的遗产

我们邀请对科比而言有着特殊意义的人们参加它的葬礼。松鼠街基金会的工作人员真的非常贴心,通过国际星体注册公司将一颗星星以科比的名字命名,称之为"科学家和我们的朋友,科比大师"。科比成为犬星集团的一部分。我将它埋在美丽的纳帕宠物公墓,理查德和我经常去扫墓,每次都和它说话,也让它知道了我们打算搬离曾经和它共同住过的房子。科比去世后,我们向所有曾经给它拍摄过纪录片的工作人员要照片录像,希望能够永远珍藏属于我们和科比的回忆。NBC摄影师利用业余时间精心给我们准备了一个配乐蒙太奇影片。科比离世后的7个半月,我和理查德举行了婚礼,并用NBC摄影师制作的视频作为第一支舞的伴奏。我们一直希望科比能做我们的戒童,但它却过早地离开了。但有了这个视频,我依然觉得科比和我们一起开始了婚姻生活。对我们来说,科比能成为我们生活的一部分而感到无比骄傲,因为我们知道它所参与的这项研究能够帮助人类。基金会从国防部获得补助和其他资金支持,用于对科比等嗅癌犬在样品中发现的化学物质研究。基金会的工作人员准备了很多临床项目,以帮助癌症早期检测,这也就意味着可以拯救成千上万的生命,并且终有一天能够获得治愈癌症的方法。我有些朋友患有癌症,而且每个人至少都会认识一位癌症患者。我为科比能够成为这个伟大项目的一部分而感到自豪。如果科学家们能从科比的工作中发现有价值的事物，会使得它的生活更加有意义。即使在科比死后近两年的时间里，它的效应仍在继续。我接到过一些电话关于研究人员需要在论文中引用它的事例，因为它的故事感动了许多人。我们收到过最棒的卡片是来自一个八岁的小女孩，告诉我们科比兢兢业业地工作和无私奉献的精神令她感动，从此便深深地爱上它。虽然我们一直为它能参与这项重要的工作感到骄傲，但每当它回到家时，它仍然是我们的心肝宝贝。我们知道它是一个十分有个性的可爱狗狗。它很特别，比如，如果它的毯子不在我们床上，它是绝不会跳上来睡觉；如果我们不把车里东西搬出来，它绝不上车；它必须看到所有东西井然有序才会安心和我们睡觉。这些都是我最怀念的"小事"。科比谨小慎微的性格使得它在诊所能够有条不紊地工作。一只3岁小狗为何会对世界有如此积极的影响？它是我的狗狗，我的心肝。我们每天都会去公园玩耍，但科比有一个更重要的任务，不仅出色地胜任了工作，同时造福了人类。

读后感

无论何时，在你的生活中是否有过一只狗狗的作为让你感到骄傲和自豪？

4

防暴护卫的使命

有时人类并不太关注狗的天性,神奇的是尽管我们从属不同的物种却能够保持长期合作关系。当我们将狗视作四肢着地的人类,婴儿或是玩具时,这种奇妙的合作关系就变得模糊。我们越了解狗就越应该明白,就算进化了千年之久,狗的身上还是流淌着狼族的血性和力量。

——吉纳K·格雷尔

战地军犬

美国空军克里斯托弗P·科波拉中校
德克萨斯州圣安东尼奥市

我是一名部队外科医生,曾两次被派往伊拉克巴拉德空军战区医院。在那儿我看到了不计其数的平民、士兵在生命边缘徘徊,包括军犬,同时也看到了震撼心灵的大无畏精神。

人犬之间最神奇的合作关系之一莫过于军犬和犬主。每支部队都配有军犬,仅在国民警卫队服役的军犬就有578只。许多军犬部队已派往伊拉克参与解放伊拉克自由行动。每天,军犬和他们的主人一同训练,密切合作。如果集体狗舍没有建成的话,他们甚至可以和整个部队同吃同住。军犬和犬主们之间越亲密越有助于日后行动步调一致。

军犬在还是小狗时需要进行大量的军事体能训练后,才能在战区服役。以得克萨斯圣安东尼奥的拉克兰空军基地为例,幼犬出生后由母亲陪伴直到它们断奶为止,再由普通家庭认领。这些领养者必须要能够理解的是当这些幼犬被选作成为军犬后，它们将放弃小狗的所有权。当小狗大约六个月大时，它们回到基地接受基本能力测试。大部分狗都不能通过测试，它们将重新回到领养家庭中继续生活。在伊拉克服役的军犬为保护部队安全身负重任，驻伊拉克美军的基地是全美后备部队降落的避风港，他们要保障基地大门和边界安全。同时军犬还要帮助部队寻找隐藏的敌人以及可能存在对平民和军队的军事威胁。此外还有经过特殊训练的军犬能够探测到隐藏炸药和武器。被派往前线的军犬队伍成员同样需要勇气和奉献精神，军犬也要能够绝对服从主人口令。犬主对军犬全权负责，同样这些军犬也会保护犬主。

受伤的搭档

2007年的一天，我们战区医院接受了一对特殊的伤者，一支军犬小队在搜查简易爆炸装置时受伤了。他们已经找到了隐藏爆炸物，保护了其他部队。我们洗涤处理士兵的几个伤口时，他丝毫不在意而是非常惦记着他的军犬搭档，一直让我们先照顾他的军犬。这是一只年轻的德国牧羊犬，坚实的肌肉上附着光泽的皮毛、粉尘和血迹。巴拉德的急诊室宽敞明亮，被分成不同隔间以容纳更多伤者。平时急症室是一个安静的医疗设施储藏室，但能够迅速转变为有条不紊的抢救现场，所有医生、护士、技术人员团结一致以最快的速度抢救受伤的士兵和平民。我们的急诊室完全可以媲美任何一个大城市的医院急救室。这位大兵和他军犬的亲密情感给我们紧张的工作环境带来了些许温暖。许多员工聚在他们周围，或许是出于好奇，或者因为他们也很想念家中的宠物。大兵躺在担架上，嘱咐我们尽一切可能救他搭档一命。犬的脖子被爆炸物碎片切裂，呼吸急促伴有大出血。大兵轻声地安慰军犬，称它是个好孩子，表现很好。我们检查了受伤军犬的伤口，并试图止血。整个检查期间，军犬一直很安静地配合我们工作，没有任何抗议。缝合他们的伤口后，这支勇敢的队伍撤离了伊拉克进行后续治疗。

退役的军犬

有一天一只中风的军犬被送到医院抢救，它看上去很年轻，直到病发前还在尽职尽责地坚守岗位。犬主告诉我们，这是一只非常积极工作的军犬，现在却饱受病痛折磨。它虽然意识涣散地躺在担架上，却始终努力保持清醒，只有经过严格训练的军犬才能在此时做到面对陌生环境，能够时刻冷静应对。虽然它只能极小幅度地动弹一下，但它的眼睛一直警视着每一个靠近的人。它的犬主明白我们无法医治他中风引起的大脑中枢瘫痪，但对我们仍然表示了感谢，并告诉我们打算带它回国找兽医继续治疗。即使它将再也无法在军队服役，它的主人依然想和它在一起。军犬回国后正式从军犬队退役,它的犬主按计划继续照顾它。

我们抢救过最揪心的一次是一只军犬到医院时忽然癫痫发作。它是一个年轻的斯塔福德郡梗,有着斑纹皮毛。它和它的犬主刚到战区不久,还处在慢慢适应的阶段。部队要求训练检测炸药。为测试军犬检测C4塑性炸药的能力,他们开展了额外的训练。犬主把少量的C4藏在训练区,军犬很快便发现目标,但不幸的是,它吃了一些炸药。C4是剧毒物质,极少分量都能致死。经验丰富的兽医也表示无能为力,他们将狗交给我们,作最后的努力。可怜的动物正一点一点地流逝生命,它流着口水,眼睛无法聚焦,呼吸紊乱变轻。犬主不过二十三岁的样子,牙关紧咬也控制不住满眼泪水。他抚摸着狗的脸颊,温柔地对它说,一切都会好的。除了尽量让狗舒适一些,我们也只能给它注射稀释毒物的药水。犬主伤心极了,治疗全程都陪着军犬。透过大兵的眼神,我明白,显然这只军犬对他来说不仅仅是一只训练有素的动物。他们一同为战争做准备,一同生活彼此依靠。在同事们和兽医的紧急救治下,军犬幸运地渡过难关。

患难与共

美军第一支牺牲的军犬小队就在伊拉克战争中。2007年7月6日,军犬库珀和它的主人科里·韦恩斯下士执行任务时不幸罹难,他们从属于第一工兵旅第五兵营第九十四军犬独立小分队,库珀四岁,韦恩斯下士二十岁。作为搜寻隐藏武器和炸药的专业团队中的一分子,库珀可以在战场不用戴项圈工作。该队在伊拉克穆罕默德萨斯地区巡逻时,不幸引爆一个简易爆炸装置,人犬当场身亡。韦恩斯的家人为了纪念儿子和库珀的战地友谊,将他们一并埋葬在韦恩斯的家乡——俄勒冈州达拉斯市。一同参加他们追悼会的有来自陆军、空军、海军陆战队和当地警队的工作犬分队。

不离不弃

军犬与犬主之间的亲密关系对于犬主而言有着神奇的治愈效果。2005年6月25日,第21安保队的技术兵简妮·戴娜和她的军犬搭档雷克斯——5岁的德国牧羊犬,曾与她一同在巴基斯坦执行过任务,驾驶悍马在基尔库克巡逻时遭到爆炸物袭击。特工戴娜受了重伤,但雷克斯只是鼻头稍有摩擦。急救人员将戴娜带回医院抢救时误以为雷克斯已经死亡。不久戴娜特工便从伊拉克转移到了德国兰德斯图尔地区医疗中心,随后转入华盛顿特区的沃尔特-里德陆军医院。住院期间她得知了雷克斯仍然活着,便立刻要求安排见面。

雷克斯一看到戴娜便高兴飞奔过来亲吻她的额头,戴娜看到好伙伴安然无恙同样欣喜万分。戴娜康复后便退役了,但雷克斯还需要继续服役。在民众的大力支持下,2006年1月13日,国会最终通过了特工戴娜对雷克斯的所有权议案。

友善的英雄

2007年底,我参观了巴拉德的阿纳康达后勤中心的军犬狗舍。除了住房,军犬锻炼和培训的地方也同样受到保护。房间里统一安装了空调以防军犬忍受不了伊拉克的超高温而中暑,同时还为军犬们配备了办公室和厨房。军犬们远离家乡来到伊拉克中部参战,这里便是它们共同的家。中心配有专职兽医负责军犬们的日常起居和检查它们的食物是否安全。我遇到了犬舍的主人便和他谈谈这个中心设施,他带来了一只名叫伊希斯的军犬。伊希斯非常顽皮,一看到我便立刻跑上前来向我问好。我坐在地板上抚摸着它,它舔着我的脸。大伙儿都认识它,他们说,伊希斯是他们一只最友善的军犬了。我被派到伊拉克之后,离开了我的家人和我的狗狗,眼前这只可爱的小家伙着实让我感动了一会儿。战地军犬是犬类的大英雄,但这并不能妨碍他们惹人喜爱的天性。令我震撼的是士兵和军犬无论在多么艰难的处境中都能互相关照,团结一心地完成任务。

读后感

你心中的英雄是谁?有狗吗?它们为何能成为你心目中的英雄?

救命恩人是狗妈妈

瑞贝卡·克拉涅斯
明尼苏达州明尼阿波利斯市

我一生中从未感受过人与动物之间的真挚情感,而且我很怕狗。动物大都非常温柔,但狗的爪子可以跳起来抓我。动物也有牙齿,能够撕裂任何东西。我不喜欢动物的另一个原因是一些动物会散发出难闻的气味。

因此新泽西莫里斯敦导盲犬公司的训导师试图尽一切可能让我发自内心地喜欢上狗,给我推荐了导盲犬塔纳——它是导盲犬公司的一只克隆金毛寻回犬,也是我的第一只导盲犬。训导师解释说当狗舔我的手心时表示它一切准备就绪,可以开始工作了。和塔纳训练了一段时间后,我改掉了每次它舔过我都要洗手的习惯。又过了一周我能够毫不犹豫地表扬他:"你真棒!"尽管我知道这样赞美会带来一次塔纳热情地舔手心。

我很清楚只有完全相信塔纳的导盲能力,才能与它一同生活。

塔纳果然不负众望，出色地完成了工作——它绕开障碍物以及上下楼的能力让我惊叹不已。和它在一起我仿佛重新认识了一个更美好的世界。

塔纳离开导盲犬公司和我回家的这段日子里，我们遇到了一个小麻烦。有时在路上看到其他狗吠叫挑衅时，塔纳为了捍卫我的尊严会对着狗群大声地吠叫。我原本就害怕听到犬吠，这会儿更担心塔纳情绪上头会转而伤害我。为此我专门前往导盲犬公司咨询，公司训导师向我保证塔纳绝对不会伤害到我，请我放心。

当塔纳只有6岁时，无情的病魔折磨着它，让我不得不对它进行安乐死。自从它开始不吃东西，甚至躲着不让进食时，我才发现有些不对头，因为吃东西对它来说可是最开心的事儿了。塔纳患了肾衰竭，治疗了一个月仍然无法减轻病痛。

不愿做导盲犬的雪莉

塔纳逝世后一年，我依然为它的离开感到哀伤，也试着和第二只金毛导盲犬雪莉合作。经过九个月的非常不安全出行后，很明显，雪莉只是不喜欢这份工作。若是跟着我丈夫菲尔和他的导盲犬瓦内塔一同出行，雪莉还能勉强完成工作。但是当只有我俩出行时，它总会止步不前地定在那儿，怎么说也不走。有一次，我花了半个小时找个出口。雪莉"定力"发作时，我不得不一遍又一遍地原地打转,因此聚会总是迟到。

有时它也走非常危险的捷径为了快速回家挣脱束缚。即使回了家不用工作时,雪莉也能继续捣乱制造麻烦。最后我实在无法忍受便将它送回公司重新培训。

舐犊情深的温妮

而今我已经在一年中失去了两只导盲犬。血统纯正的犬种早在成为导盲犬前就已经被预订了,公司目前没法提供给我年轻的狗,我还没闹明白意思时,他们说有一只退休的育种犬温妮——四岁的黄金巡回猎犬,刚刚完成导盲犬培训,训导员觉得它很适合我。在经历了"问题儿童"雪莉之后,我很是期待"成熟懂事"

的温妮。

我此前都是乘车去培训公司接塔纳和雪莉。这一次,训导员要求温妮直接和我走回家。这样的安排让我不禁担心温妮无法完成,毕竟这段路程与它平时训练的场地完全不同。但令我惊讶的是温妮出色地完成了这次任务。回家的途中温妮非常配合我的步伐,沉着冷静,当我掉了东西时也不会随意跑动,这正是我需要的。对我而言,温妮就像上帝派来的天使。朋友看到我和温妮在一起时,总会称它为"狗妈妈",实际上温妮确实在此前哺乳了一窝小狗,对我也就像对待它自己的孩子一样呵护备至。

温妮的营救

2月一个阳光明媚的午后,带着对导盲犬的感激和欣喜,我从公交站台走回家。温妮跟着我已经有1年零5天了,并且给予我全新的自信。那天温妮去做了常规的兽医检查,我去医院看了咳嗽。由于我丈夫还在心脏搭桥手术的康复期,所以我要回家照顾瓦内塔和温妮。很快,我们走到一条宽阔的马路边,我仔细听着信号灯的盲人提示信号,当提示音响起时我说,"走,温妮。"走到十字路口时,走过四分之三,我突然被温妮用力往后扯,接着眼前一黑便失去了知觉。在我们正常穿越马路时,一位拐弯的司机没注意到我们仍然快速行驶。

当我醒来时满嘴都是呕吐物的味道,许多人把我抬上救护车。我惊慌地发觉温妮不见了,难道它在刚刚的事故中遇难了?后来我才知道,在我被汽车剐蹭到之后,温妮一直和我在一起。急救员将我抬上救护车时,警察正在检查它是否受伤。确定没有大碍后,温妮快速地跳进了救护车盘,尽可能地靠近我,舔着我的手心,让我感觉非常温暖。之后我向公司告知了这件事,训导员说很有可能是温妮救了我一命,通过猛力拉扯将事故伤害降到了最低。幸运的是这起事故并没有造成多大的损伤,温妮也只是爪子受了点儿轻伤。但我有些担心它以后难以正常工作,毕竟有些受到意外伤害的狗容易产生心理阴影,无法继续工作。

我们事故后的一次出行正好遇上了路面结冰,我请求一名警察陪同,以免发生意外。温妮比以往更加小心地带我走路,越到粗糙路面会放缓脚步或者绕过。比起事故前,它似乎更加注意我的安全,兢兢业业地做我的"狗妈妈"。

我们的家犬

聪明温柔的温妮与我们一起度过了幸福的5年半时光。温妮穿着工作马甲时总是那么宁静、平和,即便我允许外人爱抚它。脱下了马甲,温妮就明白已经"下班啦,可以休息啦",迅速转变为活泼好动的"人来疯"——门铃一响,它一马当先地跑去迎接客人,希望能讨个橡胶玩具小拖鞋或者骨头小礼物。漫长的冬夜里，躺在壁炉边的温妮就成了我的暖脚器，它喜欢我抓揉它的两只大耳朵。温妮喜欢冰块，一听到我们开冰箱，它就会立刻跑到我们身边磨着我们给它一块冰。它出色的工作能力和平易近人的生活方式极大地丰富了我的生活。

温妮要退休了

温妮10岁生日时，我做了个艰难的决定——该让它退休了。虽然它依然做得不错，但我知道它已经不适应再继续做导盲犬了，这时我就会想起雪莉的消极怠工。越是强迫温妮工作，我内心就越感到内疚。若是我和另外一只导盲犬外出，而把温妮独立留在家里我心里也会很过意不去。真羡慕那些能把退休导盲犬留在家里继续做宠物犬的家庭，可惜我难以做到这点。我开始寻找适合温妮退休后居住的地方，我想它还是会喜欢有人时时刻刻陪着它，就像我一样；也希望它能与其他动物成为朋友，因为它也需要自己的小伙伴。我在几年前就着手准备温妮退休的事情，并找到了一个理想的去处。我有位朋友大部分时间都待在家里，而且养了许多宠物，也愿意收养温妮，可是去年我朋友忽然决定到外面去工作，这事便不了了之。

我相信上帝自有他的安排。一位名叫杰丽的女士通过我在金毛寻回犬救援组织留下的志愿者电话找到我,谈收养温妮的事情。杰丽家最近失去了一只感情深厚的金毛思尼克斯,所以他们想收养一只上了年纪的狗。我便告诉了关于温妮的事情。杰丽很快地将温妮的照片给她的女儿看,讨论领养事宜。当天晚上杰丽和她的女儿、孙女来到我家探望温妮,她说思尼克斯去世的这几个月他们家人一看到金毛就忍不住流泪。当她们在门廊上看到温妮时,杰丽女儿激动得哭了,小孙女说温妮很像思尼克斯。我们给温妮介绍了杰丽的另外两只狗,她很快和特普——白色混血母犬成为好朋友,而黑色的卷毛比格先生似乎有点儿害羞地躲在后面。那晚我确定已经为温妮找到了完美的退休去处。

之后我和杰丽打过几次电话,她说她的孙女一个劲儿地念叨着温妮。我将温妮的相关情况传真给了杰丽的兽医,然后开始计划温妮与我们最后在一起的这几天。

在她离开的前几天,它又偷偷地爬在桌子上舔我们落下的食物,我和菲尔略显严肃地对它说,"以后你的新家人可都是看得见的人,最好别再这么做了哦!"

温妮离家开始新生活的那天,我把它所有的家什打了个包,装饭盆时温妮认为我们要去旅行了,大概它并不知道今后再也不会回来了吧。我含着泪站在门口让温妮最后一次为我导盲。

杰丽在盲人机构会见我们。那天正遇上一场可怕的暴风雨,整个地区都是预警。杰丽家离这儿有一个小时的车程,原本想去温妮今后的家"看看",但讨论几个不切实的方案后,我不得不放弃这个想法,也可以理解,如此恶劣的天气下杰丽一个人开车非常危险。她主动提出带我们回家,过几天再来接温妮。但考虑到大家都在兴头上,我决定,让杰丽带温妮走。在大楼的门口,我把温妮的狗链和项圈解了下来,杰丽给它换上了不同颜色的狗链和项圈。我们含泪拥抱告别了彼此,杰丽先带着温妮上车,这样它不会看到我一个人乘出租车。回家的路上我感到心里空荡荡的我与另一位女士还有她的导盲犬拼车,因为出租车公司不想在暴风雨天气再派车。那位女士和导盲犬亲密的举动让我不得不努力克制自己,忍着流泪回家。

温妮是最棒的医师&导师

我和杰丽继续保持着联系,很高兴听到温妮和大家都相处得愉快。杰丽的家里也渐渐从失去思尼克斯的悲伤中走了出来,温妮治愈了他们的伤痛,就像它曾为我做的一切。尽管在温妮离开后,我也都还好,但十分想念有导盲犬的日子。手杖不能带我去曾经去过的地方,不能提醒我勿撞到行人或障碍物,也不能带我走人行横道线。只有导盲犬能根据周围环境的改变给予我正确的指引。

等我有了新的导盲犬时,它将需要花些时间来学习该如何和我一起工作。我可以给出足够的时间让导盲犬慢慢学习这些技能。对于温妮,我唯一的愿望就是希望它能好好享受当下属于自己的幸福。也希望当我遇到新的导盲犬时也能有和温妮在一起的那样快乐。我很想"见见"温妮的其他家人和它的新家,看到它一切安好,再说"再见了,温妮"。

读后感

你是否曾经很反感狗、其他动物或是某个人?但当他们给你带来了意想不到的惊喜后,情况是否有所改变呢?

天使史酷比

安娜和纽曼·巴特斯
北卡罗来纳州切里维尔

生活总是处处充满了惊喜，比如你带了个6周大的小狗回家，一眨眼就长成了170磅的大麦町犬。起初，史酷比和我们家另外两只小猫，夏克和卡奥斯差不多大。刚开始我们就发觉史酷比很特别，它知道"家人"的含义。卡奥斯因肾衰竭去世时，史酷比表现得郁郁寡欢，曾经这只小猫总爱舔它的大耳朵。史酷比最喜欢的一个姿势是躺在我们脚边，爪子环绕着我们的腿，就像是"我只属于你，你只属于我"。它聪明又贴心，还有点儿呆萌呆萌的，像极了卡通人物史酷比和马默杜克的结合体。

随着时间的推移，史酷比一点点儿地长大，长出了深棕色的毛发，大大的脑袋上一张湿软的大嘴巴，总是淌着口水还时不时地舔满我们全脸。只让史酷比亲一下可不能满足它，无论是我们允许它大大方方地亲，还是趁我们不注意来个偷吻，无非都是想逗我们一笑。它个头特大,它站着都能超过我们的坐高。史酷比从一只可爱的小狗长成了一只热情淘气的大狗狗,每天就想着如何能引起我们关注。

史酷比可以充分配合我们的情绪。有时候我们有谁心情不好了,它那湿乎乎的大鼻子便凑了过来,轻轻地触碰着我们脸颊或是嘴唇,低落的情绪也随着溜走了。有时我们在家里玩耍时,史酷比总是特兴奋地在房间里穿梭,唯一的问题是,跑到走廊尽头一个急刹车,地毯和它就卷成了一团,我们管这儿叫"马术小丑"。因为史酷比看到我们开心地笑了就更加抑制不住兴奋,开始像背上骑着小丑一样地蹦蹦跳跳。史酷比十个月大时,安娜怀了我们的孩子赞恩。史酷比靠近时,它就指出自己的肚子说,"当心哦,这儿有小baby啦。"安娜认为史酷比完全明白它的意思,因为每次它说这话时,史酷比都会亲吻她的衬衫像是在给肚子里的孩子打招呼。在孩子未出世的那几个月里它还喜欢躺安娜肚子旁边,同时也变得更加警觉,外面稍有动静便发出警告声,好像在说"此地慎入"。当然它还是很欢迎我们邀请朋友们来家里做客。在赞恩出生后,史酷比待他好极了。你可以想象一幅一只巨大的狗在一个小婴儿身边徘徊的画面。史酷比大部分的时间和赞恩在一起,温柔小心地亲吻他,时刻保护着他(当然是在我们的监护下)。

只要是我们允许的,史酷比能为赞恩做任何事情,简直是把赞恩当做自己的孩子看待。赞恩长大了一点时候会坐在史酷比的背上扮演小牛仔，玩累了就在伏在它硕大的身体上睡觉。

史酷比是我们的英雄

赞恩两岁半时，如果我们第二天要早起上班，就会在晚上8点半把它送到奶奶家。2007年6月18日上午4点40分，我们的日光浴室因为短路而引发了火灾，谢天谢地那天赞恩不在家。

史酷比忽然跳上我们的水床，用它的大爪子把我们弄醒。这很不寻常——几年前它跳了上来把水床抓破之后就再也没有上来过，最近的距离也就是睡在我们床边。但那天早上它一直在床上不肯下去，直到我们都起床。我们回过神来才发觉一氧化碳报警器响了。黑色的浓烟充斥着整个房子，我们害怕极了，在主卧室里半天找不到房间出口，地上炽热的地毯灼烧着我们的赤脚，几乎走不了路。我迅速打开了房门，但依然不知道火源在哪儿。房子会爆炸吗？猫在哪儿？我们只听见他们的嚎叫和哭泣，但没能找到他们。安娜从楼梯上摔了下来，一直喊着夏克和小杰瑞（赞恩的小猫咪）的名字。

尽管当时我们都吓坏了，但坚信一定能找到出口。门口的烟雾实在太浓了，安娜跳了起来跑向大门，我试图抓住她不要乱跑。爆炸的火焰迅速吞噬着整个房子，我们找到了大门冲了出来，其间史酷比一直紧随着我们。想到猫咪们还没出来，我跑回去用力拉开大门希望小猫们自己跑出来,我们觉得夏克和小杰瑞一定还在房子里。

损失惨重

大火被扑灭以后,我们发现夏克死在前门附近,一位好心的消防员将它抱离现场,感谢上帝,大火没有烧毁它。小杰瑞还是不见踪影,我们到处找也没找着。我们只能祈祷它听到警报时已经从房间里跑了出来。安娜在大门前放了些食物,希望小猫能自己回家。

两天后,我们在房子周围环顾着残骸,史酷比却仔细地嗅着水床扯着什么往后退——它发现床后的小猫。小杰瑞同样没被烧毁,但烟雾充斥着它的肺部导致窒息身亡。后来消防员医生告诉我们,通常当人们在火灾中醒来吸入了一氧化碳后会立刻昏迷,感谢上帝保佑我们赐予史酷比毅力和勇气,虽然我们还不知道它是否也吸入了过量的一氧化碳。在残骸里我们只能找到昏黑的照片、烧毁的电脑硬盘和我们的结婚证书,以及一些婚礼纪念品。四分之一的衣服保留了下来,家人和朋友们帮我们带回家清洗干净。我们大部分的财产都被毁了,但这些都比不上我们可怜的小猫咪。虽然房子被毁了,但依然感谢上帝让赞恩、史酷比和我们都安然无恙。

我们也感谢所有帮助我们的人。火灾当天下午,邻居们带来了冷却器、冰、饮料、食物和衣服。在我们找到下一个离现在家近点儿的住处前，他们收留了我们。当地消防队员和警察定期沿着我们家附近的路巡查，确保没有窃贼进入残骸。

康复期

我们为夏克和小杰瑞罹难深表遗憾，它们是无可取代的，但幸运的是我们活了下来，现在能做的也就是祈祷今后的生活平平安安。火灾过后两个月，我们到老房子找一个给新家用的地插，驶入车道时我们看见了一只小猫走在房子前的人行道上。小猫身上的毛发像极了夏克和小杰瑞的混合版，尤其是几处明显的胎记。我们社区发布了这里有一只迷路的小猫，并带它去看了兽医，想知道它的主人是谁。但始终没有人认领，因此我们收养了它，给它取名为基蒂拉兹。小猫需要有人爱它，我们也需要一只小猫安抚家人们的伤痛。史酷比看到新来的猫伙伴开心极了，给他们做介绍时，我们的大狗摇着尾巴，把头低向小猫，还叼来了一个动物玩具放在基蒂拉兹面前，仿佛在说："我想成为你的小伙伴。"史酷比再一次赞同了我们带来家庭新成员的决定。

火灾给我们家带来的损失使得史酷比时刻情绪紧张地进入戒备状态，我们与相关专业人士一起帮它康复，带它参见了宠物学校，让它克服与其他陌生人的接触障碍。向它介绍了许多朋友后，它终于明白不需要时刻保持警戒状态。史酷比成为我们的火灾救星后首要任务是放松心情，回归到原来悠闲的生活状态。我们相信他很快就能康复。

无神论者大概永远都不能理解上帝如何在我们困难重重时伸出援手，我们想说的是，上帝派来的天使也许会幻化成一只狗、猫、鸟甚至一只蝴蝶。史酷比就是活生生的例子。

读后感

你或是你的狗有天然的保护欲吗？现在还有么？

以假乱真

格洛里亚·巴维尔
加拿大亚伯达沃堡

在萨斯卡通河,猫头鹰的叫声此起彼伏,沿河开满了美丽的鲜花、争奇斗艳,野鹿、驼鹿、野狼、郊狼以及各种各样的野生动物漫游于此,这里更是各类鸟儿们的天堂。克里和黑脚部族曾在这里目睹了变化莫测、嬉戏无常的炫目极光。这片和谐的土地上养育着一百只山羊,一个人类家庭和两只神奇的狗狗。

我们远离城市,来到这世外桃源和小动物们做邻居。我们知道它们在想什么,它们想要什么,以及它们是如何应对环境的改变。鹿群来到这里过冬,我几乎可以径自走到它们身边。我在农场养了一些小鸟和一只被宠坏了的小松鼠。每天我把葵花籽和花生混合在一起喂给小鸟,把松鼠的食物放在狗盆里。有天晚上食物放晚了,小松鼠直接跳到了我的手上。我故意没有立即给它食物,想看看它接下来会怎么做——它猛地拍了下我的手心。

在所有动物里，那些最令我着迷的是成双成对的马雷马牧羊犬。这是一个历史悠久来自意大利的牧羊犬品种，自古就肩负着守卫领土的重任。

许多人并不太了解马雷马犬，因为它们并不是作为家庭宠物而存在，也不怎么与人交往，它们的任务就是保护家畜。除非我们在围栏附近，否则我们不让任何人进来，因为和羊群住在一起的马雷马会误认为来者不善。马雷马的守护职责并不完全听从于主人。如果周围有小孩儿，马雷马会变得更加有保护欲。我认识一位女士，误以为马雷马可以作为她丈夫的伴侣犬，但她丈夫的职业是技工，马雷马根本不让客户靠近。这就是马雷马被放在了错误的位置而产生的过激反应。这类牧羊犬最佳的职责就是保护牲畜。

马雷马在围栏里出生，并且一辈子守护牲畜。牲畜们与牧羊犬同吃同住，小山羊还会蹦蹦跳跳地和它们玩耍。马雷马非常警觉，因为大多数食肉动物在晚上捕食，也就是牧羊犬保护羊群的时候到了。母犬在小狗蹒跚学步时就开始训练它们，当小狗只有几个月大的时候，它们就出来与成年犬一起来学习如何成为一条合格的马雷马犬。

如果有食肉动物进入围栏，公犬会立刻行动，与之对视。如果它还不离开，公犬会一步步靠近，进一步警告，如果入侵者还向公犬挑衅，它将会被杀死。母犬的工作是将所有的牲畜聚集在一起并时刻保持警惕，等公犬赶走了所有敌人，确保度过危险。如果公犬在前线需要帮助,母犬会立刻前往支援。自从山羊开始信任牧羊犬可以保护它们后便不再惊慌失措。

我们的第一只马雷马牧羊犬

自从我和丈夫戴夫搬到加拿大亚伯达开始饲养家畜、经营生态旅游牧场后,我们需要一只牧羊犬来保护山羊。我们的第一只马雷马牧羊犬是5个月大的母犬,名叫邦斯尔。它是纯种的白色马雷马,身材短小结实,肌肉发达,有着浓密厚实的毛发,短小的耳朵贴着脑袋两侧以及毛茸茸的尾巴。它和德国牧羊犬差不多高。就像在酒吧里的酒保那样,它应该可以赶走那些找麻烦的家伙们。

我们在这里的第一天晚上,郊狼就来威胁我们羊群。邦斯尔还是只幼犬,没有成犬的抗击力。狼群看到它的体型就知道它尚未成年,不足为惧。整个晚上,我坐在畜栏的一端,我丈夫坐在另一端驱赶狼群。我对他说:"我们需要另一只牧羊犬。"

第二天,我们在另一家农产找到一只两岁名叫艾斯的马雷马牧羊犬。据原主人说它喜欢在冬天凿开结冰的水面咀嚼冰块,所以取名为艾斯(Icy)。它比保镖身形高大,接近于设得兰矮种马,肌肉也更为强壮。

通常,羊群要花些时间和牧羊犬相处后才能和谐共处,但我们的羊群很快就适应了艾斯以及保镖的存在,并建立了深厚的友谊。很快艾斯便开始教导邦斯尔各种牧羊技巧，并且完全不需要我们任何额外的指导。当掠食者靠近时，艾斯变回立刻冲到牧群最前方抵御侵袭，邦斯尔则负责清点牲口，保证没有掉队的牲口。马雷马牧羊犬永远不会袭击自己看护的动物，邦斯尔对待羊群总是那么的温柔。在它诞下第一窝小狗后，若是遇上掠食者，它便将幼崽放置在羊群中。危险过去后，它第一时间召集羊群带回幼崽。无论是多么庞大的羊群规模，它总能清楚的知道每一只羊的具体方位。即使有个别走丢羊只，邦斯尔也能立刻找到它们。我们觉得它一定是学会了算数。

有一回邦斯尔在工作时，一只母羊离队去寻找失踪的羊宝宝，邦斯尔早就知道小羊们正安全的呆在牲口棚中，它立刻将母羊带回队伍。此时，艾斯正在队伍前方驱赶野狼。危险过后，邦斯尔亲自带着小羊们回到羊妈妈身边。

邦斯尔和艾斯的宝宝们

邦斯尔生下幼犬时我们全家高兴极了，当然最开心莫过于狗爸爸艾斯了。我的闺蜜梅维斯来家里道喜时，平时不太亲近人的艾斯开心的跑到她面前，热情地舔着她的手，领着她到幼犬跟前。新晋狗爸爸骄傲地向大家展示家庭新成员——可爱的小家伙们像极了小北极熊。

我们为邦斯尔和宝宝们搭建了专属小窝,但幼崽们才一个月大,邦斯尔还是将它们带回牲口大棚中居住。我担心小羊羔们玩闹时候一不留神伤到小狗,又偷偷地将狗崽们运了出去,但每次邦斯尔都执着地将它们给带了回来。一天夜里,邦斯尔和艾斯出去工作时,将小狗们独自留在大棚中,边上围了一圈小羊羔,小心翼翼地和它们玩耍。我才明白,平时它们不在时,都是羊羔们在照顾小狗。

艾斯get的新技能

尽管我深知马雷马牧羊犬的勇敢无畏,但一天夜里发生的事情更是令我对它有了新的认识,唯有"神一般创造力"能解释艾斯的行为。

连着两天我都听到了屋外的狼嚎声,这次我决定到外面去侦查一下。每当有掠食者靠近艾斯的"无形边界"时,它都会报以怒吼。如果掠食者仍继续前进,艾斯的吼声将变得更加狂躁。那天晚上来了一大群豺狗,它们似乎毫不畏惧艾斯的吼声,不断接近羊群。如果这样下去,怕是艾斯难以抵抗它们的入侵。豺狗的天敌是野狼,只要听到野狼的叫声它们都会害怕的一哄而散。

就在这紧咬关头,忽然传来了一阵狼嚎,我定睛一看,才发现是艾斯发出的。此前我从来没听过它发出这样的声音,更是从未听说过马雷马牧羊犬能狼嚎。看来艾斯是自己领悟了该如何击退豺狗。后来我们发现在艾斯的小狗中,有一只阉割的公犬遗传了它的这项绝技。艾斯渐渐老去,我们让邦斯尔带着这只小狗一同工作,保护羊群。马雷马牧羊犬不及家庭宠物犬的寿命长,它们天生属于户外,守卫牧犬是它们与生俱来的职责。尽管它们同样尊敬、爱戴人类,但牧群更像是它们的家人。即使艾斯会模仿野狼的声音,但我们依然能放心地让它管理牧犬。马雷马是兢兢业业的守护天使。不信?问问我们的牧群就知道了。

读后感

狗是如何向你展示它们的护卫能力?

5

引导启迪的使命

狗是否像我们人类一样有自己的理性思维能力呢？换而言之：将它们拟人化是合理的吗？实际上狗是具备了某种程度的理性思维能力，只是我们已经很少去培养和激发它们的这种能力，而是选择我们认为狗能够理解的简单的交流方式。

——斯坦利·柯伦

我是祖姆的小伙伴

德布·雷切尔森
肯塔基州史密斯菲尔德

一只狗能改变一个人的生活轨迹吗?答案是肯定的。而且我亲爱的小狗祖姆改变的是整个学校的学生和教师们的生活。当然它首先改变的是我。

教育新人如何竞争是我执着的爱好,实现业绩突破是我一贯的追求,而关注家庭成员的生活被我丢在了最末。我曾在一家世界500强公司担任高管,成年后我唯一做过的事儿就是努力工作、没日没夜不分双休地加班。正是如此,我在不知不觉中忽略了自己的家庭。

但另一方面,我的工作带来了很可观的收入,让全家都能过上舒适富裕的生活。我女儿喜欢到各地旅行,到墨西哥湾海岸潜水。就读于私立高中,在当地的大学学习音乐,有一衣柜的时髦衣服、一个大学的信托资金和一辆汽车。我们有着足够的积蓄,能让我和女儿参加各地的狗展和品尝当地美食，了解各式各样的风土人情。

可是当我曾经忽略的部分开始崩塌时，让我不得不重新思考自己的人生。

在女儿毕业典礼当晚，我们发现她怀孕了；上大学后又开始吸毒。一连串的变故使得我和丈夫难以接受。她的生活就像是脱了轨的过山车，我们试图让她回到正轨。但很快她便抛下了自己的孩子，离家出走。

通过法律来处理双成瘾家庭成员和失踪事件真是个"长见识"的体验，法官建议我们收养外孙。随后我那如同亲哥哥一样的姐夫肯尼，被诊断为晚期癌症。在他生前最后两周，我一直在病房静静地陪伴着。

肯尼死后，他的狗舍合作人将祖姆给了我。这一只年轻的威尔士柯基，一直被训练成为赛级犬。我那时还不知道，它会"背离"这个名字（Zoom译作聚焦）。它的任务就是让人放弃曾经自私的生活方式而为大家带来欢乐和有意义的服务。

祖姆驾到

我很快注意到祖姆和其它柯基犬性格不同，不容易一惊一乍，而总是沉着冷静不失可爱。我称它为维可牢尼龙搭扣犬，因为无论我走到哪里，它都寸步不离地跟着。它非常信任我，知道我不会让它陷入危险。祖姆有威严的举止和强大的自信心。

渐渐地祖姆成长为一只漂亮、有力的矮脚犬，当牛羊的后脚跟被咬后而发怒时，它能以极快的速度逃开，或会弯身趴在地上，避免被踢死（柯基犬曾是驱散牲畜的牧畜犬）。它毛茸茸的尾巴位置非常低，很像是狐狸尾巴。它的大耳朵始终直立着，使它能够时刻警惕着周围情况。它通体除了爪子都是黑色的毛发，重达四十四磅。

尽管祖姆长相标致、身材健美，但它的表演生涯很快就结束了，我们也从未为这个选择而后悔。换了个角度看世界，我意识到现在这个时代，赛级犬已经成为非常肤浅的驯狗方式。

祖姆成为了治疗犬

我开始从最基本的口令"坐"、"立"、"躺"、"走"等训练祖姆，它都能够顺利完成。我打算让它参加治疗犬的国际认证考试，这似乎也很适合它温柔宁静的性格。

我们搬离了肯塔基州路易斯维尔的家，并在亨利县郊区买块地，重建我们的小家园。当我们确认收养外孙时，我向天发誓，如果上帝再给我一次机会，我绝不会为了工作而忽视家人。因此，我的外孙自然而然地成为我生活的重心。

祖姆取得治疗犬合格证后的一年，我带着它探访了当地疗养院的临终老人，我们都很满意这份志愿者工作。与此同时，我从外孙就读的新堡小学老师们口中得知，学校有相当一部分孩子无法正常阅读，他们多数是不喜欢或是不愿意读书。

外孙学期结束前，我参加了颁奖典礼。在各式各样的艺术类、其他类型奖励中，唯独没有看到阅读奖。在阅读上有一定障碍的孩子需要参加专项培训课程进行额外辅导，他们大都学习非常刻苦。阅读课程负责人玛丽·罗伯茨老师正在努力帮助这些孩子提高阅读水平。但尽管如此，孩子们还是需要更多有效的方法。

过去我未能尽到自己的职责，没能很好地关心女儿的校园生活。现在，我们生活在这个小区，与外孙学校的联系也比较频繁，所以我决定参加学校的志愿者工作，帮助孩子们读书识字。我告诉芭芭拉·杰姆斯校长想带着祖姆一起工作，"疗养院的老人们都很喜欢他，有什么力所能及的事情是我们能为学校做的呢？"虽然芭芭拉从没有听说过治疗犬，但她向来乐意接收新鲜事物，"当然，带着祖姆来吧。"不久玛丽·罗伯茨制定了"告诉可爱的小尾巴"阅读专项课程，孩子们可以根据玛丽挑选的书籍和祖姆一起阅读。

此前没有人预料到祖姆对孩子们能有如此大的影响，很快我们便制定了一个详细的阅读培养计划，祖姆和我就是鼎力战将。

祖姆"上学去"

在孩子们上学的日子里,祖姆成为了学校的一道风景线,是名副其实的"校犬"。除此之外,它切实地帮助那些"读书困难户"重塑了对阅读的兴趣。有个孩子说,祖姆的大耳朵一定是为了听他们读书而长的,因为它表现得实在是棒极了!孩子们在给祖姆读书时我会陪在他们身边,随时提供帮助。读完了以后,我会检查孩子们对书籍的理解情况。

祖姆遇到的第一个有特殊需求的儿童是三年级的卡洛琳,患有轻度智障和语言交流障碍,因此她总是沉默不语。老师们不知道她是否能够阅读,因为她甚至无法很好地完成测试。肯塔基健康中心的儿童心理学家对她进行了评估后通知学校,她可能无法正常地接受教育。但是,学校工作人员从来没有放弃过她。

基姆问能否让祖姆用一周里面几小时来陪陪卡洛琳,我们也就正式开始了第一次志愿者活动,还带着它那个硕大的狗狗枕头。

卡洛琳和另外三个学生在阅览室,但祖姆径自跑到了她身边,阅览室也从此成为了它定点的工作室。祖姆开始工作的第一天就遇到了如此需要它的卡洛琳,他们之间迅速建立了亲密的友谊,使得其他孩子很是吃醋。卡洛琳总是将厚厚的刘海遮住眼睛,低着头看着地板,仿佛世间什么都不能引起她的兴趣。只有当祖姆趴在枕头上望着她时,卡洛琳才会少有地抬起眼睛与祖姆四目对视。我问她想不想讲故事给祖姆听?"祖姆的手提箱里有它喜欢的书哦。"见她没有反对,我打开手提箱,拿出一本玛丽精心挑选的书,她选的书都是专门针对学生们能够理解并且感兴趣的类型。我把书递给她,她开始"读"了起来,可只是动动嘴巴不出声。我安慰她说,"祖姆可喜欢听小朋友读书啦,无论怎样都喜欢。"卡洛琳听罢,立刻大声地朗读起来。听到她出声的第一时间,基姆激动得泪流满面。其他学生兴奋地跳下椅子开始鼓掌,"看,卡洛琳正读书啦,我们就知道她能做到的!"

卡洛琳给祖姆讲完故事后,放松了肩膀,自信满满地走进了大厅。只是这么一小会儿的时间,她已经是祖姆的小伙伴了。事后,她的父母简直无法相信这一切。基姆邀请他们来学校听卡洛琳读书,看到女儿能够流畅地读出声音,他们既兴奋又感动。现在他们可以证明自己的女儿具备了学习知识的能力。

三年后,我带着祖姆参加肯塔基州的威尔士柯基犬狗展。展会还邀请了新堡小学特殊需要的儿童作为荣誉嘉宾,他们可以牵着祖姆进行巡场展示。这些孩子能参加狗展,这对他们来说也是一次宝贵的社会体验。

卡洛琳也来到了狗展现场,经历了祖姆的治疗后,她对于开口说话已经没有了任何畏惧,并将自己的经历写成论文,朗诵给超过400个陌生的观众听。

老师们为特殊需要的学生制定了一对一的教学计划,帮助他们完成学业。同时也让祖姆成为计划中的重要组成部分。

在卡洛琳毕业读初中前,老师问我能不能让卡洛琳牵着祖姆在新学校的校区走一趟,这样事先熟悉环境可以缓解她第一天开学的紧张感。我将狗链交给她,让她带着祖姆去遛弯儿。"旅行"结束后,卡洛琳已经胸有成竹地准备好上初中了。

奖品是祖姆

在新堡小学,孩子们的特别奖励通常是与祖姆玩。如果一个孩子在课堂上不老实,老师就会说:"不准你这周见祖姆。"此话一出,包治各种调皮捣蛋。

一个二年级的男孩总是不太听话,显得有些自暴自弃。如果男孩在原来的课堂坐不住的话,就会被请去特殊学习教室。行为稍有收敛的话,作为奖励,他就可以和祖姆玩一会儿。当他能够重新控制自己情绪时,就可以在阅览室给祖姆读书。如果天气好的话,他还可以牵着祖姆在学校里走一走。

每次阅读课程结束后,孩子们都收到一个小奖品。他们可以选择迷你的警察徽章还是狗展的花环或者其他小玩具。每个孩子有一张贴着自己照片的纸,抬头写着"今天我给祖姆读书了,它表扬我是一个了不起的朗读者"。

在这间规模不大的乡间小学里没有教师休息室,所以老师们也只有去校长办公室放松一下心情,他们也会给祖姆安排放松时间。每当听到广播轮番喊我们名字时,我就会带上祖姆去校长办公室,和性格开朗的校长交流一番。

祖姆的校园时光

祖姆爱极了校园时光,而且我发现它在工作和在家里完全是两个状态。在学校的话他更加警觉,考虑周到;而在家里它就是一个典型的只知道吃喝玩乐的狗狗。

它能分辨出去学校的固定日子,并会用极其渴望的眼神看着我在浴室里整理头发,换上干净衣服。去学校前我会给它穿上带有国际治疗犬认证卡牌的马甲。通常祖姆都是一副悠闲懒散的状态,但它一听到卡牌的吧嗒声,就变得无比兴奋,蹦蹦跳跳地叫个不停。

我拿着它的手提箱,它就火速跑到汽车边,很是不耐烦地等我开了门,快速爬上座位坐好。当汽车开到学校停车场,它就看着窗外嗷嗷直叫唤。下了车,它径自快步走向我们定点的阅览室。吃过午饭,它要休息一下,看着我吃会儿东西,再接着去特殊教室。

祖姆有一个五英尺长边角绣花的绿色狗枕头,上面还印着一个大大的卡通狗头,洋溢着开心幸福的笑容。这个祖姆的"阅读垫"跟着我们"坐南闯北",孩子们可以和它一起坐着、躺着或随便怎么着,只要觉得舒服就行。

祖姆的拖箱是一个蓝色的带轮子和伸缩把手的箱子,里面放了我们的零食和他的水壶,以及玛丽为孩子们挑选的书籍。这些书多以小动物为主,这样孩子们在给祖姆读书时能更好地理解故事内容。

祖姆在学校的时间安排非常紧张,几乎没有时间打盹儿。因为我们总是想着辅导更多的孩子,或多或少地使它过度疲劳了。即使我们一周三天,每天平均工作5个小时之久,它始终都没有表现出倦怠的迹象。如果没有孩子在阅览室,它会在角落里小睡一下。

我注意到,如果孩子在给它读书时表现沮丧,它又变得紧张并不住地打哈欠、眼神涣散,毫无疑问它是要休息了。我便带它到校长办公室,让她知道祖姆要安静地休息一下。芭芭拉会好心地离开办公室并关上门,让祖姆在她的书桌底下舒服地睡上一觉。

祖姆的小伙伴们成功啦

鉴定我们学校治疗犬确实有效的最好证据就是逐年上升的阅读障碍儿童测试的成绩。今年是我们成绩最好的一年。

芭芭拉撰写了一篇关于祖姆是如何提高学生阅读能力的文章发表于《肯塔基教师通讯》。我们当地的报纸也在头版头条刊登了祖姆的事迹,接着路易斯维尔的信使日报和福克斯新闻41都相继刊登了这则新闻;《今日美国》为祖姆制作了一则关于他是如何帮助孩子们阅读的公益广告;《新闻周刊》中讲述了狗能够帮助孩子们阅读,而我们地区的治疗犬取得了历史性的突破。

《肯塔基教师通讯》上的文章一经发表,不计其数的电话、邮件蜂拥而来——人们都想知道我们是怎么做到帮助孩子们阅读的,又怎样才能让狗进入学校。玛丽和芭芭拉将这些问题转达给我,我的回答是尽量联系当地的治疗犬机构。

芭芭拉曾收到一封来自明尼苏达州一位正在攻读硕士学位的年轻人的Email,问及她关于祖姆辅助阅读的细节,他想带狗进入市区的学校帮助那些有阅读障碍的学生。我坚信助读犬将会风靡全国,唯一美中不足的是,这将需要大量的治疗犬,这个数目远远超过现役的治疗犬总和。

孩子们总是略带淘气地对我说,"我希望明年也能成为祖姆的小伙伴。这个暑假我就不读书啦,学过的东西都忘掉啦,所以明年我要做祖姆的学生呀。"这些小家伙都不想离开"告诉可爱的小尾巴"学习组。

有特殊需要的学生都准备了一本剪贴簿,里面贴满了祖姆每次来和他们一起学习玩耍的照片。孩子们在每个学期结束时都要上交一份这学期所有阅读写作的作业,题目自拟。祖姆来学校的第一年,几乎所有孩子的作文都是关于小动物,得益于和祖姆"亲密接触"。

新堡小学的获奖证书和奖章都是由它"签署",但那些特殊需要的孩子们获奖时,我们能看到从他们父母眼中流出的感动的泪水。

我对于成为祖姆的小伙伴究竟意味着什么并不是太清楚,但我深知一点——孩子们就算是离开了学校也不会忘记包容一切,从不随意批评他们的可爱狗狗,祖姆也是无条件地爱着孩子们。祖姆陪我去邮局、商场和学校,走遍了小村子的每个角落,人们都认识他。渐渐地我发现它对于曾经帮助过的那些孩子们有着深远的影响。

去沃尔玛就是如此,有时我得花上比别人多几倍的时间才能出来,因为不时会遇到已经读中学的"祖姆的小伙伴"。他们先是问"祖姆在哪儿?"然后,他们会说,"告诉祖姆我再也不需要特殊教育阅读课程了",并且让我转告祖姆他们现在在读哪些书,最喜欢读的是什么。当我回到家时,我都会将孩子们的话原封不动地转告祖姆。

由于膝盖要做个紧急手术,我不得不缺席学校志愿者工作一个月。孩子们这么长时间见不到祖姆,心里可失落了,尤其是特殊需要的孩子。基姆提出让孩子们给祖姆写邮件问问题,还可以附上自己的照片。一个新项目由此产生,孩子们可以和祖姆在网上写作业了。

我问基姆,"祖姆不在的时候孩子们还好么?"我会发一些祖姆的照片给他,孩子们看到了欣喜若狂。基姆说现在孩子们又学会了自己组织语言,写好想问祖姆的问题。

祖姆给孩子们的精神支持

　　学校里有个孩子患有严重的自闭症,容易情绪激动,我们怕不自知地会伤害到她,因此很少和她互动学习。但当我提议让她抚摸下祖姆时,在老师的指导下,她轻轻地抚摸着祖姆,感受它那柔顺的毛发和身体。祖姆乖乖地趴着,一动不动,安静地缓和了孩子的紧张情绪。

　　另一次祖姆主动安抚孩子的例子是有一天一个小男孩格外邋遢地来上学。我们都知道他家庭状况令人担忧,他瘦小的身板长期营养不良,身上还有被家暴的伤痕。他看上去抑郁极了,老师让我们去关照下他。我让男孩睡在祖姆的枕头上,然后安静地坐在离他们不远处,以防狗有过激反应。孩子揉着祖姆的脖子,在他耳边低声轻语,泪水顺着脸颊流了下来。男孩说昨晚糟糕透了,爸妈就让他一个人和一群猫睡在谷仓里还不给饭吃。祖姆听着听着,转过身来,舔了舔男孩的小脸蛋。

　　一个小孩儿有这样的经历实在是太不幸了,但上帝给了他一只温暖心房的小狗。老师、辅导员和社会爱心人士能为男孩做的都是成人世界给予按部就班的关心,唯独这只毛茸茸的小狗给男孩的亲吻让他实实在在地感受到一切都会好起来的。我希望能有越来越多的治疗犬安抚孩子们内心的创伤。

每当祖姆看着我时，它的眼神都在传递对我的信任、忠诚和爱。它是我在经历家庭变故时的精神支点，又与我一同参加治疗工作。每当看到那些可怜的孩子们，听着他们所忍受的悲惨遭遇，帮助他们渡过难关后，回到家里我也需要祖姆来安抚情绪。

我九岁的外孙每次在学校大厅看到祖姆都会开心地跟它打招呼，他说看到自己的狗狗能帮到大家他感到非常自豪。学校里的孩子都喜欢体育运动，可外孙从来就不爱好运动。但他一直坚持走路上学，也会帮我训练另一只治疗犬，作为祖姆的替补。

通过引导和教育，儿童可以摆脱无知和贫穷的恶性循环，拥有一个更完整、更快乐、更健康的生活。事实上我知道仅凭借一个人和一只狗，就算祖姆，也不可能帮助所有人，但我们可以从帮助一个孩子开始。如果大家都能每周花几个小时的时间，积极地加入这项帮助孩子学习的志愿者活动，那么无需多问，结果一定可以振奋人心。

我永远都不会再回到公司上班。我终于有了第二次机会，这次，家庭在我的生活中有着不可撼动的地位。实际上，我也早就成了祖姆的小伙伴。

读后感

你能和上文的德布·雷切尔森女士那样为在校学生培训出合格的助读犬吗？

我的驯犬助理是只狗

希瑟·米蒂
明尼苏达州黄金谷

我的丈夫迈克一路兴奋地从停车场蹦跶回家，脸上挂着幸福的笑容。我一直都乐意分享他的快乐，但并不包括他从车上拿下来的那个黑乎乎的东西，晃眼一看还以为它只有耳朵和腿。迈克刚从他母亲家回来，就意外地宣布要将这个仅16周大的小狗带回家。

他爱上了小狗棕色的大眼睛和脸上那种淡淡的忧伤。几天前的电话里，迈克就告知了我这事儿，并且信誓旦旦地保证会陪它散步，训练，一起工作，绝不劳我动一根手指。

虽然为丈夫能有一只属于自己的小狗感到高兴，但说实话，我们刚刚搬家，这种公寓楼难以容纳超过50磅的狗，我看这小狗将来是绝不止这体型。更何况，我们已经有一只狗了，而明尼苏达州的冬天冷得瘆人，我们时常为谁去遛狗争执。现在又添一只，将来更是麻烦不少。

我们的完美狗狗

在我看来我们已经有了只完美的狗狗——金毛卡门。我和它之间可以毫不夸张地用"心有灵犀"来形容。它是我的第一只小狗,并到现在为止我都是它唯一的主人。迈克看着我和卡门一起玩总会说我们彼此的爱超过爱地球上的人。在争论了许久要不要带小狗回家时,迈克坚持想要一只属于自己的小狗。当然我也希望迈克能够有一只关系亲密的狗,就像我和卡门这样。

除了觉得再有一只狗比较多余外,我对这只小狗还有点儿"以貌取人"。它看上去不仅丑丑的,还有点吓人,完全不像一只可爱的幼犬。我设想它属于那种比较冷漠的性格,和其他那些会主动讨主人欢喜的性格开朗的狗很不同。成年德牧的样子完全不是我的菜,我发现他们可以做到悄无声息地快速跑到我身边。迈克也许是换种方式吸引到我收养小狗,大方地将命名权给我。我给它取了个有异国贵族意味的名字:萝拉。后来,我发现这个名字起源于德国,为这个"恰到好处"的取名开心了好一阵子。

说实话,第一眼看到萝拉被迈克抱下车,我心里拔凉拔凉的。在我的世界观里幼犬应该是可爱柔软的一小团,可16周的萝拉又瘦又长,一对特大号的耳朵,大到我担心它的小脑袋都不一定能撑住。

有缺陷的狗狗

刚来我们家的那几天,小家伙显得非常紧张、胆怯,不停地哭泣。唯一能安慰它的就是卡门,很快萝拉就完全拜倒在卡门的"石榴裙"下,但卡门对打破它平静生活的新成员并没什么特别的感情。萝拉和我们相处的第一周充满了压力、混乱和恐惧,庆幸的是我们中没有任何人受伤。毕竟如果德牧被孤立,同时还处于紧张情绪中非常容易攻击他人。显然萝拉之前并没有受到同类的生活习性影响,它似乎还完全不了解这个世界,充满了各种困惑。

我亲爱的丈夫很想安慰这只总是很忧伤的小狗,从平时训练时我发现它的这种性格是一种幼儿的烦躁情绪的反作用或是前期人们过于溺爱的结果。虽然迈克可以给它足够的依赖,但也要一点点地教育它相信它。很快迈克将此重任交给我了,理由是我有教育卡门的经验。

我们为萝拉花费无数,看医生、买药、购置狗窝和各式各样的玩具。我们一直想帮助它尽快融入家庭生活,小家伙从不和我们有任何亲密行为,也不听话。如果我们把它一个人放家里陪着卡门,她立刻会开启"危机模式",把自己的小窝弄得一团糟,邻居们说它会从早叫到晚。等我们回家时,看到的就是一只邋遢疲倦又紧张的小狗。

我们逐步地纠正它每个行为,找遍了所有能参加的驯犬班。我也花了更多的时间陪着它，毕竟它看上去十分需要我。

我每天按照自己对狗狗世界观的理解训练它服从指令，但它不是像卡门那种很亲近人能蜷在脚边睡觉的狗狗——每次它都自己找个安静角落，避免跟我们接触。每次我们去狗狗公园，卡门会开心地一路领跑，萝拉也会小跑一会儿然后立刻停下来回头看我是否还在原地。它对吃也不怎么感兴趣，喜欢被表扬但不能太多，不然又会触动敏感神经。

历经了6个月坚持不懈地呵护和训练，萝拉总算是长大懂事了。10个月大时它第一次主动走到我身边求爱抚，令我们欣喜若狂，它终于接受我们了。随着一点点长大，萝拉已经会舔舔我们的手掌，用它的大鼻子碰碰我们的脸颊，有时还会在我们脖子边偷偷亲一下。萝拉不喜欢和人打闹，它更喜欢温柔的交流方式。

为萝拉找份工作

在萝拉成年后，我觉得有份工作对它来说大有益处。我时常为自己将狗当做小孩子对待感到很内疚，因此不断想尝试新的方法来丰富他们的生活。我了解到开发智力对于狗而言同样有许多好处，还能够安抚它们易激动的情绪。我还注意每当萝拉在公园看到小朋友时都会眼前一亮，因此我想她大概可以成为治疗犬和孩子们一起工作。

5 引导启迪的使命

看到萝拉顺利完成了几个阶段的训练，并且进步显著，我感到开心极了。它擅长的几个技能每次都完成得非常漂亮。每当我喊它名字时一定是第一时间来到我身边；我们出门散步时它一直很是认真从不四处乱跑。我决定找个合适的时间让它参加治疗犬认证资格测试。

然而非常不幸的是，正当我们计划给萝拉开启全新的职业之旅时，它在后院发生了一起可怕的事故——就在圣诞节前夕，它跑楼梯时不慎摔倒在冰面上，一条腿骨折。这起意外对我们的心灵来说无疑是一次沉重的打击，也让我们意识到了对萝拉深厚的感情。看过了数十位兽医后，迈克仍不分昼夜地守在它身边，给它一切所需。由于它的康复期很长，我们最终没能达到合格的治疗犬标准。

在我和迈克全力帮助萝拉恢复健康并找一份合适的工作时，我开始重新思考自己当下这份抵押贷款经纪人的工作——不仅工作时间长，而且压力大、收入低。通过这段时间照顾萝拉，我感到其实我可以凭借这么多年的养狗经验来帮助其他家有宠物的人们。成为驯犬师这个点子在我脑海中闪现，并且我对这份工作有着绝对的信心。此前驯犬师对于卡门和萝拉的教育方式我全部牢记在心，我也能感同身受地理解养狗人的心理。曾经我也同样为没能好好陪着宠物享受每一天感到自责。尽管生活总是匆匆忙忙，但我们应该知道狗的生活里只有主人，它们需要人们的陪伴。而驯犬师则有许多时间陪伴它们，我想我能控制好自己的时间，工作多以晚上和周末为主，或许还能够带着我的狗一起工作。

成为驯犬师的话就意味着我工作时,迈克得待在家里,这样狗狗们一天独守空居的时间不会超过三个小时。我真心希望看到卡门和萝拉从此都可以成为更加幸福开心的"小女孩儿"。

最后我下定决心,一鼓作气,相信自己的直觉,成为一名全职驯犬师。

寻找驯犬助理

很快我也开始酝酿让萝拉作为我的驯犬助理的想法。现在它已经是一只漂亮、忠诚、体贴的德牧了,我和迈克都为它的成长感到骄傲。它那双成熟稳重的眼睛,仿佛能明白人们的每个举止。我清楚地知道它永远是一个性格敏感的女孩儿,所以我也得时刻与它的小怪癖作斗争。但要是能有一份有意义的工作,让萝拉的生活丰富起来,也许这个问题也就迎刃而解了。

它开始跟着我一周几次去驯犬示范班工作。我们在市区一家生意兴隆的宠物店开班。起初,它对于周围繁多的景象和声音感到紧张有压力,不住地犬吠、食物的味道和其他狗的气味常常让她分心。她也特别不喜欢人们摸着她的头和她打招呼,认为这是非常粗鲁的行为。然而最麻烦的就是萝拉一旦将注意力集中在某样东西上,她就会时刻不停地关注,在这个区域不断地检查来往的人和狗。这样几个小时下来,她自己也累得够呛,完全不懂得在这样复杂的环境中放松自己。我自从读懂了她的身体语言后,每隔一段时间就会让她休息一会儿。

随着时间的推移,萝拉慢慢地接受了这种氛围,不再时刻紧张兮兮。自从她明白了我的工作也能帮她放松心情后,她开始能在商店经理办公室打盹儿了。我和她之间也找到了工作的默契,就像找到了曾经的舞伴一般。萝拉一个细微的动作我就能明白她需要什么,比如她不停地嗷嗷叫时就是要我带着她去上班啦。

了不起的助理萝拉

当萝拉掌握了平时我在课堂上驯犬的技能后,不可思议的事情发生了。每当我们走到上课的大楼里,她都会格外平静。平日无论是在家还是在外面散步时她可从来不这样。

在课堂上,我的驯犬助理尊重每一位前来学习的狗狗和他们的主人。她一直努力地克制着自己的好奇心,虽然有时沮丧有时会很疲倦,但我从未见过萝拉不耐烦。

萝拉展示的比我教给她的技能还要多,她总是无条件地给予我帮助。有时候她实在是累极了便会趴在角落里小憩,但只要听见我喊她的名字便会立刻出现在我面前。无论我们要工作几个小时,她总是非常兴奋,但又能保持安静,有时我都会忘了她就在附近,因为她真能做到"悄无声息"。萝拉真的是个可靠的好帮手。

大多数来参加我们培训班的狗狗都是头一回和这么多陌生的狗狗一起学习，难免会感到紧张和陌生，本能的反应和人类一模一样。小狗也像人一样需要教育，许多人并不明白这一点，而是让小狗自然成长，但随之会产生许多误解和矛盾。萝拉在课堂上就像是那些不懂事小狗的榜样，她成熟稳重，像犬妈妈一样教育小狗们做好指令动作。她还注意维护课堂纪律，告诉小狗们要懂礼貌，如果场面嘈杂失控，她还会提醒大家要保持冷静。

工作中总是会遇到新的挑战和需要额外关注的狗狗，我相信萝拉在适当的时候会给予我帮助。

随着我们共同培训小狗开始，萝拉的作为赢得我们所有人的尊重。每次看到萝拉的进步我都感到无比骄傲，她的大耳朵如今也成了身上最漂亮的部分之一。当汽车开到工作的停车场时，我喜欢看她迫不及待要开工的样子，大概萝拉也会为自己的能力感到自豪吧。虽然萝拉并不完美，但她始终没有放弃努力。每天结束工作回家时，她立刻蜷成一团呼呼大睡。我们这只曾经身体和情感上都问题重重的狗狗，如今成为我最得力的驯犬助手。

读后感

你有犬助理么？有没有一只狗曾经让你懂得了耐心和乐观的重要性呢？

印度动物治疗先锋队——库提和戈尔迪

米纳尔·Vishal·卡瓦西瓦
印度马哈拉施特拉邦浦纳

和所有新生一样,库提半紧张半好奇地开始了上学的第一天。孩子看到走廊上有一只狗狗别提有多兴奋,叽叽喳喳地将她围了个水泄不通。库提远远地看到了我,立刻飞奔过来。与学生们在新学期看到小伙伴们打招呼的方式不同,库提的问候是摇着尾巴,跳上蹦下地亲亲抱抱。2003年6月,才4个月大的黄拉拉就在那特殊儿童学校独自踏上了治疗犬之路。

库提是由三角社区认证的印度首只符合国际治疗犬标准的伴侣犬,2007年她赢得了三角社区动物辅助治疗实践项目颁布的超越极限奖。库提不仅是印度第一只治疗犬,同时还成为孟买和浦纳地区天使动物基金会其他治疗犬的楷模。

看着库提一路陪伴着智障儿童成长,我发觉这只美丽、温柔、善解人意的狗狗也教会了我懂得了更多关于爱与包容的含义,也帮助我开辟了印度动物辅助治疗新领域。

库提前往吉德特殊儿童学校

五年前,我和朋友Kshitija Kppal,国内第一位犬类咨询师,共同开展了咨询和驯犬工作。吉德特殊儿童学校校长Shyamashree Bhosle找到我们,希望我们能提供一只工作犬陪同孩子们学习。Kshitjia从班加罗尔选到了库提参加治疗犬的培训。通常纯种狗在印度多为宠物犬或者赛级犬,所以库提的生活从一开始就与众不同。

那时候印度人并不熟悉治疗犬,Bhosle女士在《动物星球》看过狗帮助残疾人起居的相关文章,所以她希望狗也能成为学校孩子们的好朋友。当时我正在攻读诊疗心理学的硕士,这所学校的学生都是特殊需要儿童,因此我认为一只训练有素治疗犬对他们身心的成长将大有益处,我也在电视上看过工作犬与残疾人共同生活的纪录片。就我个人经历而言,我童年的玩伴多数以狗为主,他们对于我性格的养成有着深远的影响,所以我很清楚一个优秀的汪星人小伙伴对于孩子的成长意味着什么。在做了大量的动物辅助治疗的研究后,我决定用当下最领先的科学方法训练库提。

最初我们决定让库提住在学校比较合适,因为她今后都将在那里接受训练。库提到学校的第一天,Bhosle女士对库提一见钟情,强烈要求将狗带回家。这下库提成为Bhosle家族最年轻的成员，正印证了她名字的含义（库提的英文Kutty在泰米尔语的意思是"最年轻的"）。Bhosle女士每天都会带着她去学校。

当我把库提介绍给孩子们时，他们都非常激动，"看！学校里有一只狗狗！""她什么时候会来我们班上？""哇！她在看我呢！""她每天吃什么呢？"有些智障儿童脾气暴躁，不喜欢上学，但库提的陪伴能让他们渐渐开心起来。包括平时工作非常辛苦的老师们、不时要应对各方压力的校长都很欢迎库提的到来，面对库提他们能够敞开心扉地大笑、相互逗乐。库提成功地将大家的愤怒、压力和悲伤一并逐出校园。

从幼犬到治疗犬

还是幼犬时库提就表现出了认真的学习态度和积极的工作热情。训练初期，我带着库提到孩子们的教室中。因为这份工作需要投入大量的感情，对于库提来说被八个智障儿童围住也不是什么舒服的体验。就在我都没法找到应对方法时，库提总能主动帮我解围。

库提和所有淘气的小狗一样，喜欢在学校边的花园里玩耍。她过去几乎都是在游戏中度过，全速奔跑再跳到我身上；喜欢在泥巴里打滚儿，把自己弄得邋里邋遢。她喜欢嘴里叼着东西等我来追，一旦我靠近她又立刻跑得更远。游戏时间我从不拴着她，即使在校长办公室休息也是自由的,只有在工作时会戴着项圈。

库提有一件治疗专用马甲,每次穿上马甲她就明白要开工了。只要我说,"库提,你的狗链呢?我们要去教室啦",她还会主动拿来狗链。去教室前我都会逗她玩一会儿,但只要进了门,这只刚还是追风狗的小家伙立刻变得温柔安静起来。库提从幼犬到治疗犬的转变着实惊人呐。

库提的奇迹

尽管我是一名临床心理学家,但库提对孩子们的举止依然带给我惊喜。如果有小朋友走路不稳,只要她在附近,就会退到一边,确保自己不会把对方绊倒。如果有小朋友哭泣,她会走到他身边,舔着他的脸颊,直到他破涕为笑。

她和孩子们玩球时非常有耐心,患有肌肉萎缩症的孩子无法将球抛得足够远,库提也从不会独自衔着球跑开。一个腰部瘫痪的女孩儿只能在地上爬着移动,库提每次都将球放在她面前,陪她玩。库提本能地感知到这个女孩与其他孩子不同,对她格外关照。

这些举止都是库提自发的行为而并非出自我指示,她能够自己分辨哪些是要特别关心的孩子。

库提为学校所有人的生活带来了"不一样的清新"。一个下半身被截肢的智障儿童被装上了义肢。由于正在接受物理治疗,他需要在学校走廊进行用义肢练习走路,但他始终非常不配合。但我问他是否愿意带着库提散散步时,他立刻开心地答应了。但对库提来说,这是一个全新的体验。她需要学习如何帮助他走好每一步。男孩一手拄着拐杖,一手牵着狗链。有时他会兴奋地拉紧链子,有时又会无力地松弛下来,库提都要细心地根据男孩的节奏来调整自己的步伐。男孩不慎摔倒时,她会温柔地舔着他脸颊,鼓励他站起来。现在只要问起"谁愿意带着库提散步去呀?"这个男孩总是第一个举手。

另一个奇迹般的际遇是关于有听力和语言障碍的男孩沙鲁克。自从他进学校以来就从没开口说过话,即使在课堂上他也从不与任何人交流。他的父母都认为这孩子一定是聋了。

但当他开始和库提接触时,大家都惊讶地发现他变得乐于沟通了,只是还不知道如何与人对话。而对于库提,他不用说任何话,善解人意的库提都能明白他在想什么。她给了男孩毫无保留的爱和无拘无束的沟通环境,让他能够大胆地展示自己。有一天,当库提和孩子们在玩球时,沙鲁克大声地说了人生中的第一个单词"库提"。从那儿以后,沙鲁克完全克服了不敢开口说话的毛病。语言治疗师进一步地帮助他进行后期治疗,因为他一下子有许多话要说了。

库提参与校外治疗活动

库提大公无私的细心服务不仅局限于校园里的孩子们。当她的人类妈妈，Bhosle女士在心脏病发作期间，库提寸步不离地守在她身边直至康复。尽管她只是一只一岁的小狗，但此时却表现出超出年龄的成熟稳重。Bhosle女士说："库提似乎明白妈妈身体出了问题，所以不会再表现得像个小孩子那样不懂事儿了，正是她在情感上给予了我大力支持才帮我渡过了难关。"

2006年7月11日，孟买火车连环爆炸案发生后，无数遇难者家庭将库提视作带来温暖的天使。小动物天使基金会与爱德华国王纪念医院的精神学专家以及孟买精神病协会组成了"Raahhat ka Ehsaas"小组，意思是"寻回安全感"。在那里，库提尽自己所能安慰那些经历灾难的家庭。

这是印度第一次引进动物灾后辅助治疗。这是一项非常正式的治疗工作，库提需要与在场的每个工作人员进行沟通。在我介绍库提之前，会议气氛一直颇为凝重，而她的出现则打破了这种气氛，大家很快恢复了元气。

库提安抚着幸存者悲伤的情绪，让他们看到了生活仍然充满希望。库提给予那些在灾难中失去父母的孩子莫大的帮助——有个孩子一直紧紧抱着库提放声大哭。如今她已经完全从灾难的阴影中走了出来。

有着赤子之心的戈尔迪

2005年5月,3岁的黄金猎犬戈尔迪正式成为一只治疗犬。对她来说,生活就是给那些需要帮助的人们一个活下去的理由。

戈尔迪从小就被训练成为自闭症儿童尼尔的专属治疗犬,她的出现给尼尔的表达能力和词汇量带来了巨大改变。尼尔从小就不愿意和任何人接触,眼睛总是直勾勾地盯着窗外,但他唯独会和海绵(尼尔给戈尔迪取的名字)有些交流。

很快尼尔和戈尔迪便成为密不可分的好朋友,无论尼尔走到哪儿,戈尔迪都紧随其后。当他盯着窗外发呆时,戈尔迪会过来碰碰他,转移他的注意力。如果男孩哭闹起来,她会亲吻他的脸,逗他开心。戈尔迪软弱的金色毛发、湿乎乎的亲吻和兴奋起来就晃个不停的可爱尾巴都让男孩感受到真实的存在感,两人玩闹的笑声在房子里此起彼伏。

尼尔全家移居国外时不能带上戈尔迪一起,她便成为一位退休女商人Manjiri Chunekar女士的伴侣犬。Chunekar女士长期患有糖尿病和高血压,戈尔迪帮助她放松心情,计划有规律的生活作息。Manjiri说:"戈尔迪真的是个很棒的伴侣,她帮我找回了曾经轻松快乐的生活。"

如今戈尔迪是Shrivastava家族的宠物狗,负责陪伴家里的两个小孩儿。Shrivastava女士称戈尔迪是家里的第三个孩子。戈尔迪与小动物天使基金成员一同在特殊需要儿童学校开展志愿者活动,她一共辅导治疗了超过100名儿童克服心理障碍。她也是"寻回安全感"小组成员,帮助在孟买火车爆炸案中失去四肢的幸存者们从痛苦和悲伤中恢复过来,并给予他们温柔的拥抱。

库迪和戈尔迪毕生服务于大众,执业4年时间里感动了不计其数的人们。他们的任务是治愈人们精神和肉体的伤痛,传播关爱与同情。他们用事实证明狗不仅仅只是观赏宠物,他们能为人类做出更有意义的贡献。

读后感

库迪和戈尔迪的故事是否给予你一定的启发去关心那些需要被呵护的人们呢?

6

带来欢乐与希望的使命

动物们能为我们带来己所不能的身心慰藉——这些珍贵的礼物正是它们富有责任心的表现。

——托马斯·贝瑞

史基波特的旅行

大卫·哈特维希

德州昆兰

奥普拉·温弗瑞、杰·雷诺、大卫·莱特曼、Inside Editon、PAX卫视、以及《动物星球》有什么共同之处呢？他们都报道了我的这只神奇的大脑袋蓝色赫勒犬。

史基波特在全球各大电台媒体表演过节目，妻子芭芭拉和我时常带着他在各地巡演，史基波特出色的演出赢得了无数观众的喜爱，他就像是上帝派来给人们带来欢乐的牛仔小天使。

史基波特的身世并不理想。1992年平安夜，一个叫布奇的家伙喊我去他那儿帮忙给消化不良的马匹通气。这样的活儿在平安夜显得很不寻常，更何况他家远在40公里之外，但我还是答应了他。我带上8岁的继子罗素开车去了他家，这趟外出彻底地改变了我的一生。

布奇只是一名养马的马夫，并不养狗，但他的马厩里却有一窝小狗。布奇解释说是一只迷路的母犬在他院子里分娩，见状他只能将这窝小狗搬到马厩里。我正在为没能给芭芭拉准备圣诞礼物发愁，加上她向来非常喜欢小狗，我便悄悄对罗素说："我们送你妈一只小狗作为圣诞礼物吧。"接着，我们选了一只体型最壮硕的小狗放上了卡车。

我从小在市区长大，虽然家里一直都养狗，但我可谈不上是养狗专家。我从来没有参加过驯犬培训班，童年时唯一关于狗的记忆就是狗如果不搭理我的召唤，我会急得哇哇大哭。搬到农村以后，家里前门总有野狗晃悠，所以对我来说养狗挺没必要的，但想到芭芭拉会很开心我觉得还是值得的。

从布奇家出来，开了三四公里后，我看着罗素，"唉，儿子，我们选这小狗的时候考虑不周啊，只选了最胖的，都没注意她听力、视力有没有问题呐。我们既然决定要养狗，就要照顾她一辈子。你想不想再回去选一只？"尽管我也不好意思再打扰老布奇，但想想还是觉得刚才有点太随意了，方向盘转了个弯我们又原路返回了。到了布奇家，我解释道，"布奇，能让我再看看那些小狗么？我想挑只合适的。""全拿去都行"，布奇爽快地答应了。

我和罗素把小狗放回狗窝，一群小家伙玩起了叠罗汉，滚来滚去地露着肚皮。有一只小狗站着离狗窝7英尺远，一副略有所思的模样。我看着喜欢极了，"这只狗看上去挺机灵的。"我抱着这只"神色凝重"的小狗开心地回到了卡车上。

"罗素,我们得赶在你妈妈前面给小狗取个名字,不然她肯定会叫他宝宝、贝贝的。"

"好主意,我们取个什么名字呢?"

"他属于牧牛犬,我们给他取个牛仔的名字吧。"

我们想了许多牛仔风格的名字:巴贝·怀尔、神枪手、拉里亚特·罗普等等,忽然防滑垫(skidboot)这个词闪入脑海,这是一条放在靴子搭扣上下的皮带。当马滑行静止时,可以避免牛仔摩擦马匹丛毛导致自燃,就像排球运动员的护膝一样。我认为这是最适合他的名字了。

在那个寒冷的夜晚,我把史基波特藏在夹克外套里,当芭芭拉看到我手臂交叉抱在胸前还以为我被马踢伤了胳膊。"看,这是你的圣诞礼物,好好照顾他哦。"说着便从怀里拿出了小狗,她开心极了,那时我们谁也没想到这个瘦弱的小家伙长大后会成为乐于奉献的小天使。

史基波特的号令

史基波特一岁时,介于是芭芭拉的狗,我也就没怎么管教他。但芭芭拉对他实在是太溺爱了,以至于他从来不听我们召唤;从不按点吃饭,很是随心所欲。每天早上六七点芭芭拉出门上班后,我把史基波特放到屋外安顿好,他就立刻跑出大门追赶邻居家的鸡。

史基波特破坏能力惊人，用我的新靴子磨牙，烧了我的绳索。长大以后，他就开始追赶牛群和马群，结果被其中一只踢断了腿；曾被毒蛇咬伤，还好没有大碍。每当我想抚摸下他，他就会跳起来啃我胳膊。"这家伙是狼崽吗？不会有什么毛病吧。"

史基波特两岁时，我开始喜欢上了牛仔竞技表演，本想带着史基波特一道参加，可他实在是太野了。

有天我看到了一篇牧牛犬的文章，其中诸如边境牧羊犬和澳大利亚牧羊犬这一类畜牧犬通过领导牛群首领来指挥整个牧群靠近农场。另一种牧牛犬，蓝色赫勒犬则是用驱赶的方式带牛群去市场。文章里还写道，如果养的是领导型的畜牧犬，你可以教会它驱赶牧群；但如果你养的是赫勒犬，那么只有祝你好运了，它们是绝不可能成为领导型牧犬。若是在赫勒犬幼年期主人没有掌握吆喝他停下来的能力，也就是能"吁"住他，那今后将麻烦不断。

我意识到史基波特就是不折不扣的赫勒犬，他总是忙于各种追。眼看他就快过了成长期，如果再不训练"吁"，以后有的苦头吃了。

史基波特的"背后式"训练

但凡我见过的驯犬师都是站在狗的正前方，发出"坐下"、"握手"、"躺下"这些指令时要求狗直视他的双眼。如果狗没按要求做动作，驯犬师首先是要求狗与之对视。可是我想如果赫勒犬的天性就是留个背影给主人，他好努力驱赶牲畜，那也就不需要强迫他与我面对面地训练了。当然，他转过身去也不是意味开启了听话模式，我想他一定是进入了"随心所欲"模式。

出于新鲜好玩我决定让史基波特在训练时背对着我，看看这样他能不能理解我的口令。事实证明，正是我的这个一时兴起的决定成就了之后举世无双的史基波特。他学会了直接听懂我的指令，而不需要依靠观察身体语言或者手势。优秀牧牛犬驯犬师大概早就这样训练赫勒犬了，但对我而言这可是个全新的理念。

在我们的第一堂课上只有我、史基波特和一点儿狗饼干。史基波特站在我两腿中间，背对着我。我放了些饼干在他不远处，并用手臂把他圈起来，每当他想吃饼干时，我都会喊"吁"，他一个"急刹车"撞上了我手臂，出不去只好乖乖坐着，目不转睛地盯着饼干。感觉时机差不多了，我松开手臂并在身后轻轻地推他一把，说："去吧。"他便欢乐地去吃饼干了。"做得漂亮。好了，过来，我们再来一次。"

每一次我都会将饼干扔远一些，在他行动前把他圈住。等他准备好等待指令时，我再松开手让他去吃饼干。途中，只要我喊"吁"，史基波特会立刻像冻住一般停下来，就像我双手圈着他一样。他很快就听懂了"吁"的口令，因为他知道只要听到口令停下就会有奖励。除了饼干，我们还用过木棍、玩具和球进行训练。

6 带来欢乐与希望的使命

我喜欢欢快的娱乐项目,并决定和史基波特准备一场全新的表演秀。在竞技表演上,人们路过我的马厩时,我会丢一个木棍在走道上,接着让史基波特去叼回来。他跑到半路时,我喊一声"吁",他会立刻停下来,所有人都感到奇怪极了,"这小狗怎么就不动呢?"接着我说,"醒醒啦!"他会立刻回过神来,继续完成叼木棍的任务。

人们面面相觑,"你看到了吗?"

很快,表现秀主办方亲自来观看史基波特的表演,从此我们成为秀场的特别表演嘉宾。毕竟我年纪也渐渐大了,也不适合再做牛仔特技表演,而史基波特这种娱乐性的表演正适合我。一位资深马术小丑看过史基波特表演后赞不绝口,"就算找遍1000万只狗也很难遇到如此优秀资质的狗,你真的是捡到了宝呀。"

绝大多数杂技犬都是表演爬楼梯、跳圈,但史基波特的表演是完全不同寻常、大胆的创新。他可以一直反方向地绕着树转圈,直到我允许拿木棍为止。在一次滑稽秀中,我让史基波特一直握着我的手,看着玩具,直到我允许,方能拿走玩具。另外,他还会模仿我的动作,比如我抬起腿,他也会跟着抬起前爪。

在我和史基波特成为竞技场特约嘉宾后,每当退场时都有大批观众蜂拥而至想看看史基波特,有的还问"他真的只是只狗吗?"

一位竞技师看过了我们的表演后,对我说:"我有一条很棒的狗,曾多次荣获美国犬舍俱乐部大赛的冠军。"

"先生,相信你的狗一定非常优秀。不过说实话,我也并不是养狗专业户,只是比较幸运罢了。"我认真地回答道。

竞技师听罢笑着说:"这正是我想说,大概你也想不到你现在做的意味着什么。"

"但闻其详。"

"恭喜你打破了传统的驯犬方法,效果棒极了,非常有趣!"

"哈哈,多谢多谢。"

他接着说:"你告诉狗绕着树跑才能拿到玩具的时候,好像看出他有认知能力似的。"

我决定给他一点牛仔式幽默,"哦,不是的先生,我们给狗打疫苗的时候可从来没注射过'认知'。"

与史基波特在一起的日子

我带着史基波特参加了《动物星球》举办的首期"宠物之星"大赛,他的精彩表现赢得观众们的一致好评,最终摘取了年度冠军,我也得到了25000美金的奖金——有生之年还从没一次见这么一大笔钱。当然其他参加的宠物也很优秀,会读书、算数、爬楼梯、跳圈等等,但评委们认为史基波特是最为出色。

继《动物星球》获奖后,杰·雷诺的《今日秀》也向我们发出了邀请,芭芭拉和我一起带着史基波特飞往加利福尼亚伯班克演播室。栏目组特别为史基波特准备了飞机座位,他可以舒舒服服地坐

6 带来欢乐与希望的使命

在我和妻子之间。芭芭拉还给他尝了点儿飞机餐,那神态看上去就像在照顾一个三岁的小孩儿。

我们抵达NBC演播室后,意外地看到了挂着史基波特名字的专属化妆间,里面有个装满了零食的大篮子。演出前,杰来到化妆间问候我们,并合影留念。

在罗恩·韦斯特摩兰和我合著讲述史基波特事迹的书中,有关于这次《今日秀》的彩排的一段,原文如下:"节目制片人说:'我可从未见过这么冷静的小狗,你说我们能让他自己走下轿车来演播室吗?一定会引爆收视率哦。'"于是,我站在演播室门口等司机给史基波特开车门,他径自走了过来,自己走到了秀场。

每次外出演出乘飞机的时候,我都会将票装在两个信封中,把其中一个交给史基波特,"你现在应该熟悉了登机流程吧。"他会乖乖地跟着人群排队,四处张望,好像在说,"走起咯!"

我们通常都是乘坐美国航空的班机,久而久之,机场工作人员都认识我们了。一位女士在检票时认出了史基波特,"你好呀,史基波特,这是你的票吗?"他将票"递"给检票员。检完票后,她将装着票的信封放到史基波特的嘴巴里,微笑着说:"祝您旅途愉快。"史基波特便十分老练地走过登机桥,我在后面喊住他,"等等我好嘛,你还不知道坐哪儿呐。"他含着机票站在原地,神情淡然,好像这些对他来说都"不算事儿"。

参加《奥普拉·温弗瑞脱口秀》是我们事业的鼎盛期,尽管大家都说我看上去挺放松的,但是"谁紧张谁知道"啊,这也正说明了我对节目的重视程度。史基波特表现出了冠军风采,给奥普拉和观众们留下了深刻印象。

我们也曾参加过《大卫深夜秀》的"愚蠢的宠物骗局",在这个环节中嘉宾带领他们的宠物展示宠物不同寻常的才能,例如在轮子上跑步等等。这些狗狗在现场总是互相嗅嗅犬吠个不停,我对史基波特说:"你和他们不一样,你是有教养的孩子。来,坐好,咱不多管闲事。"他刚出道时,我叮嘱过他不要端大腕儿架子,表演就是为了展示世间的善良和美好,相信他一定理解了这话是什么意思。每次表演结束,他都和平时一样平易近人,允许粉丝们抚摸他,和他握手。有次结束了电视台表演后,人们围站在我们轿车旁,汽车一开动他们就大喊:"再见啦,史基波特,我们爱你!"我对芭芭拉说:"我们是他们眼中的大明星啊。"尽管车窗摇了下来,但史基波特从不把头伸出窗外,他懂得维持矜持的重要性。

我非常珍惜私底下和史基波特在一起的时光。当我做髋关节置换在家卧床等护士来量血压时,史基波特会趴在我床上目不转睛地盯着护士的一举一动。我宽慰他说:"嗨,别担心,他们是在帮我康复呐。"有时他会吵吵闹闹地不讲理,但知道我在逐渐康复后他便渐渐平息了下来。

另一次印象深刻的经历是,我们在结束了国际摩托车驾驶术花样表演大赛特别演出后,不得不在鹅颈车里过夜。那时俄克拉荷马的冬天接近零度,我们就互相依偎着取暖。现在回想起来,还是觉得格外温馨。

史基波特最后的演出

史基波特14岁时由于黄斑部退化开始视力衰弱。他完全致盲后,我教会了一个新把戏。我把他的玩具放在地上并弄出响声,他全神贯注地"盯"着玩具,虽然他已经看不见了。

"听着,史基波特,游戏规则是只有我碰到了你的手才可以拿玩具哦。"他听罢,立刻定住,鼻子贴着玩具。我碰了碰他的后背、屁股和头,他毫无反应;一碰到他的前爪(他明白这是手的意思),他立刻咬住了玩具。所有观众看了都啧啧称奇。

"朋友们,精彩的还在后头。我们来看看他是否真的能听懂。"接着我对史基波特说:"这次,你的玩具在这儿,只有我碰了你的脚才可以拿玩具,知道了吗?"这回我先拍了拍他的头,接着拍了拍他的背,他一直保持不动直到我拍了他的后腿才一口将玩具咬住。

史基波特再也无法登台的日子最终还是来了,此前我们一共走访了38个州。2006年10月,我在官网刊登了他退休的消息,并宣布将重新训练一只小狗。在他退休后不久,《德州报道》为史基波特做了一期特辑节目并上传至YouTube和其他网站,全国再次刮起了一阵"史基波特风"。视频获得了超过500万点击率,每周我们都会收到数以百万的邮件。我重新布置了官网,并更名为"史基波特的好朋友们",因为我已经开始训练博伊斯·贞德为史基波特接班,他的孩子分别是泰·唐和小史基波特。

2007年3月,除了失明外,史基波特开始急速消瘦,脊柱也开始退化,无法正常起身站立,常常摔倒,身体状况每况愈下,甚至有一周开始不再进食。2007年3月25日上午,我在院子里给他洗了最后一个澡,尽管天气并不寒冷,但他止不住地颤抖。我将他抱回屋里,紧紧抱在胸前。当晚,当兽医将史基波特安乐死时,芭芭拉和我向我们这位最亲爱的老朋友做了最后的道别。随后我在官网上发布了一条声明:"时间从不停下脚步,史基波特已经安息了。回首过去的14年是如此的幸福美满,史基波特是独一无二的圣诞礼物。"我们请求将赞助的小动物收容所以史基波特的名字命名。

我和芭芭拉将史基波特和他最喜欢的玩具一同埋在他为我们买的橡树底下,并竖立了两块奥斯汀石灰石作为他的墓碑,我们的其他狗狗和一些朋友来参加葬礼。

史基波特去世后的一周,我在圣塔芭芭拉小动物保护协会为慈善家表演时,情不自禁地说:"我想你们大概都想知道一些关于史基波特的故事吧。"接着便开始讲述史基波特的生平,说着说着忽然哽咽难以继续。时至今日,每当我想说些关于他的事情,都难以吐出一个句子,但我依然记得他的微笑和给我们所有人带来的欢乐。史基波特此生无憾。

史基波特的使命

有时人们会说我谋得了个好差事，可我从未将为观众表演节目当做谋利的工作。我听到过许多言论，诸如"我敢打赌你一定是花了大把时间训练史基波特"。实际上我并没有这么做，史基波特非常聪明，以至于我并没有特别地训练他，"是上帝成就了他，我只是从中找到了乐趣而已。"

在德州农工大学兽医学院表演时，一位女士走到我和史基波特面前，激动不已："我已经接受了几周的癌症治疗，心情糟糕透了。看了你们的表演是我这么长时间来最开心的一刻了。"

我们曾收到过一位女观众的来信，她从电视上看到了我们的表演，对我们的敬业演出、平易近人、充满和谐与智慧的表现赞不绝口。许多观众纷纷表示我们的表演并不是简单的特技演出，更多的是看到了我与史基波特之间深厚的情感。我觉得，如果一个人确定被老师看好，那么必然会努力学习；如果他敬爱这位老师，便会力争得到老师的垂青。

在未来的日子里

听闻纽约有一位宠物通灵师，原本我并不相信这些，但芭芭拉在史基波特死后联系了这位女士。据通灵师说,史基波特从我们身上感受到了无微不至的呵护,同时对所有支持他的粉丝表示感谢,他们让他看到人们对于小动物的关爱。通灵师说史基波特的使命才刚刚开始。也许她是通过史基波特的事迹来呼吁世人保护小动物,让世人明白它们不仅仅只是"动物",不应遭受冷漠和遗弃。

史基波特也让我重新给自己定了位,不再需要靠马背上的特技谋生。毕竟我这一把老骨头也经不起那样的剧烈运动了。一个年近50岁的老家伙能做什么呢?首先,先是一个髋关节脱臼,接着是肩关节和另一个髋关节脱臼。我从未想过退休,史基波特的到来更是赋予了我新的使命感。他让我明白狗能够为各个年龄阶段的人们带去质朴健康的欢乐,让我的人生不再局限于过气的蹄跌匠。我觉得史基波特并不是我的狗,而是上帝派到我身边的天使。我总是说他一半是蓝色赫勒犬一半是上帝的礼物。我相信上帝爱护世间所有人,史基波特就证明了这一点。在上帝创造的不胜枚举的奇迹中,史基波特就是其中一个。

读后感

在你印象中有给你带来欢乐的狗狗吗?

恩人利夫

艾伦·安德森
明尼苏达州明尼阿波利斯

2006年6月，距离我们心爱的拉布拉多犬泰勒去世已有4个月了。一个偶然的机会，我们在明尼苏达州黄金谷收容所看到了一只小狗，狗窝的铭牌上写着"遗弃"。见到它的那一刻起，我和妻子琳达就再也无法将它从脑海中抹去。我们得花点时间讨论是否收留这个小家伙，便请求门卫代劳保管一天。回到家里，我们和家庭成员——两只猫咪、一只鹦鹉郑重地"商量"了这事儿。起初它们对于新来的狗是否会影响生活没发表太多意

见，但很快就表现出强烈的反感。不过上述意见仅供参考，我和琳达还是连夜驱车将小狗接回了家。

在办理领养手续时，工作人员告诉我们这只可卡犬身体状况良好，一周前和另外一只小狗一起被遗弃在双子城的收容所。原主人没有留下关于它的介绍，只留了张字条说它的名字是哈雷。我们带着小狗离开时，它还止不住地颤抖着。当我们在一个红灯前停下时，旁边一辆哈雷摩托呼啸而过，小家伙立刻竖起耳朵，露出白森森的牙齿怒视着摩托车驶去的方向开始咆哮。我和琳达面面相觑，"咱们可不能管它叫哈雷啊。"那我们取个什么名字好呢？

我们带着它在哈里特湖散步时发现它特别喜欢树叶。它在落叶堆里奔跑，打滚儿，玩得不亦乐乎，还出神地看着黄褐色的树叶徐徐飘下。我们决定给它取名为利夫（Leaf）。

带利夫回家后，我们立刻察觉到它的过去一定惨不忍睹。它若是看到魁梧的白人男子会吓得扭头就跑，一位小动物咨询师解释这种情况大概是由于利夫小时候受到过这类人的虐待。人们在宠物店购买到小狗时并不会意识到它们在宠物店经受了怎样的折磨，这样的经历自然会影响它们的日常行为。动物收容所里的小狗基本上都是有着类似经历的"伤心人"。另一位咨询师满怀着内疚和羞愧说利夫曾向她"告知"了这段"被遗弃"的往事。

显然利夫从未在家里住过，因为它完全没有"屋里""屋外"的概念。他也从未见过猫咪，还试着和它们玩耍，在它们身上嗅来嗅去，一刻也不停歇。当然我们家那两位彪悍的"喵星人"立刻上演了"功夫猫咪"，用爪子左右开弓教训了利夫一番。

利夫常常会想起被抛弃的悲伤过去，因此格外需要我或是琳达的陪伴。有时它会在梦中惊醒，一时无法分辨方向，显得非常紧张，目光呆滞而恐惧，不停地嚎叫。我们第一时间赶到它身边，安慰他，爱抚他。好半天利夫才会回过神来。

利夫逐渐康复了

入春后，利夫的安全感与日俱增，间歇性恐慌症也得到了一定程度的缓解。我非常理解利夫的这种安全感缺失——我生长在军人家庭，频繁地搬家让我对未来充满了不确定感。相似的经历，让我和利夫之间没有任何偏见地接纳了对方。同时利夫的出现也让我从失去泰勒的痛苦中恢复，相信它也一定会成为我的好朋友。

我带着利夫到家附近的狗公园玩耍，他能很快地和其他狗玩成一片，琳达称它为领头狗。无论是何种体型的狗，利夫在它们面前总是表现出一副"老大"架势。不管他过去经历了什么，但至少现在它是越来越有自信了。当它捡回我抛出去的球时，一对大耳朵会兴奋地向后折，我为它的乐天派性格感到由衷的高兴。在我们家生活似乎让它找到了足够的幸福感。

随着时间的推移，我和利夫之间的感情日益深厚。利夫初来乍到我们家就认识了两只猫、一只鸟,还学习了数不清的规矩,午夜从浴室出来感受零度以下都是家常便饭。

过去我们一直养的是母狗,现在我们和聪明有想法又正值青春期的"小男孩"一起生活。但抛开所有偏见,利夫已经开始相信我们是爱它的,与几个月前胆小紧张的小可怜截然不同。2007年4月,利夫已经会通过主动亲亲来表达对我们的喜爱啦。

毁灭性的诊断

利夫是我赶稿日里最佳减压伴侣,我的休息时间全部贡献给了与琳达合著的新书推广宣传,每天晚上和周末都安排得满满当当。有时我会感到大脑一阵晕眩,但没放在心上,估计是因为工作压力大造成了过度紧张。定期检查时我将这个症状告知了保健医生,他建议我做一个核磁共振确定头晕的原因。我觉得这大概是内耳感染的并发症,应该没什么大问题。

之后我度过了一个愉快的周末,带着利夫在狗公园尽情玩耍。看着它欢快奔跑的样子,我几乎忘了保健医生的叮嘱。利夫玩得可带劲儿了,每周我会将它的故事写给写作群的朋友们分享。头晕也没有恶化,所以我觉得目前一切正常。

一个宁静的周末午后,我正在等待一次电话会议。铃声响起时,对方并不是我期待的参会人,只听见对方吞吞吐吐地不知道说了些什么,"请问您是哪位?"

"艾伦,我是W医生,"男子回答道,接着他说我的X光结果显示我的脑部长了一个未破裂的脑动脉肿瘤。他并没有说是什么引起了肿瘤,但肯定地告诉我必须引起注意,同时还是要额外的检查来确定肿瘤的大小。他解释说,肿瘤位于我额头中间骨头后约1英寸的位置。"这必须要引起高度注意。"医生义正严辞地强调了一番。挂了电话,我晕晕乎乎地走到走廊,医生的一席话久久地回荡在我耳边,"肿瘤将会怎样影响我的生活?"回想起父亲49岁时患了中风,便一直脾气暴躁,忍受了多年病痛折磨。

不知为何,此时我脑海中浮现出了利夫的模样。想当初它因为被抛弃,长期内心抑郁,甚至会对着空气咆哮。然而当它痛苦的小脸从我视野中消失时,我忽然感到一丝恐惧和孤独,就像当初的利夫一样。

收集病情相关的资料

在搜集了大量资料后,我明白几乎没有人能在脑肿瘤破裂后存活。病情发作时的典型症状就是患者会说(大叫)"我从未有过这样剧烈的头痛!"接着很快就咽气了。到目前为止,我没有看到任何一条乐观的消息。

白天我早早地就去工作,想着该怎么和妻子解释这件事。我带着利夫去它最爱的狗公园，平时它都是开心地撒腿狂奔，可是今天它却一直寸步不离地守在我身旁。我低头看着利夫，它也正好抬头望着我，眼神中包含着深深的理解与关心，似乎在安慰着我。曾经我一直将它定位为饱受折磨的叛逆青少年，但看到它现在这副乖巧懂事的模样，感动的泪水差点夺眶而出。终究它还是一只小狗啊。

在狗公园的那个下午，利夫没有去追逐它的小伙伴，而是一直陪着我。后来我捡了个旧球和它玩了一会儿。

第二天，我查阅了更多关于脑肿瘤的资料，一些网站上写着像我这样未破裂的脑肿瘤还是能够通过手术摘除的。最终我还是向琳达吐露了诊断结果，琳达激动地说她爱我，不想失去我。我决定哪怕只有一丝希望也要进行手术。

我给医生回了电话，按照神经外科医生的指示做了全方位的检查。然后结果却不容乐观，检查发现了另一个致命问题——我的大腿上长了一些称为下肢静脉血栓的血凝块，它们会并发全身多脏器功能衰竭，最终导致死亡。眼下我面临着两项紧急事件，新的病情使得我只有一个疗程的时间治疗肿瘤，而且脑手术是不可避免的。为了争取时间，我开始服用药物稀释血栓。我和妻子在医生办公室里听他滔滔不绝地讲述了各种医学名词，总之目前研究表明即使脑瘤手术成功，病人也会面临着记忆力衰退、头痛等其他可怕的副作用。

最坏的打算

手术日期一天天临近，我坐在电脑前开始规划最坏的打算，我重新整理了理财、保险、医疗、养老金、法律文件以及以其他重要信息，并为琳达写了一些注意事项，以防发生不测来不及告知。看过了医院的诊断书和检测结果后，我感觉手术成功率比我想象的还要渺茫。

利夫四肢摊开地躺在我脚边，看上去就像一块黑漆漆的小毛毯，我不禁笑出了声。利夫忽地抬起头，用它那黝黑深邃的眼睛温柔地看着我。一股暖流涌入心间，我瞬间感到了一丝希望。也许在他的帮助下，一切都会变好的吧。

它把头放在前爪间，轻轻地叹了一口气。也许他也受了我情绪的影响，看上去疲惫不堪，但是能给我短暂的心理宽慰。手术前的最后几周，脑海中不停地回放着曾经发生过的事情，身体和大脑都预告了我的生命即将结束。我会有为错过"死前准备"而后悔的感觉吗？

史无前例的噩梦

我不愿意总是想着自己的恐惧，过度的焦虑只会增加手术风险，但我现在似乎别无选择地只能跟着感觉走。医生们郑重地说眼下我的状况还是比较幸运的，毕竟血栓和肿瘤都没有发生破裂。并且自从听了保健医生建议做了核磁共振后，我再也没有头晕过，而实际上头晕也并非是血栓和肿瘤的并发症。

有一天我做了一个奇怪的梦，加重了我的顾虑。这个梦是如此的真实，梦境中的一切始终历历在目。在梦中，我站在一个巨大的拱形建筑的高处，俯视着成千上万的不同肤色、种族的人群沿着一条直路走入一座建筑物中。这条路似乎一眼都看不到末端。我认识其中一些人，另外一些人我好像在哪儿见过，但实在记不清楚具体是谁。队伍中有人说这条路是生命之路，它通往的房间里有所有能想象到的一切：艺术、书籍、建筑、森林、湖泊、海洋、各种各样的人际关系以及家庭。所有生活中能够体会到的东西都在这些房间中，但人们必须凭票进入。

除了我，每个人都有一张票。

我找到一张售票柜台，可是关门了，这一切让我慌张极了。我看到了生命中的挚爱琳达，和我们的朋友站在队伍里。他们快速走入了房子中，留下我一个人，没有人发觉我在他们身后。

为什么我没有票？我做错了什么吗？我应该和他们在一起才对。为什么把我丢下？我想追上他们，但琳达走得实在是太快了。我怎样才能再和她在一起啊？

这个梦暗示着我生命的结束，我将离开所有的亲朋好友。我混进了生命之路，觉得应该没有人会注意到我没有票。但路上的每个人反应了过来,他们强调我并不是他们中的一员。一瞬间我彻底地崩溃了,对于眼前的一切感到无能为力。琳达也不见了,就是这样我被抛下了,孤身一人就像从来没有出现过一样。

利夫跳上床上时把我惊醒了,它把爪子搭在我肩上,舔着我的脸。我立刻紧紧地抱住它。虽然我并不知道利夫的过去,但此时此刻我感受到了他刚来时的惊慌与梦魇。

早晨我告诉了琳达这个梦,我注意到利夫专心致志地在听我说话。

手术前的最后几天,利夫的行为出了些我们事先想到的问题。他把咖啡桌上的报纸、杂志、信封撕了个粉碎丢到地上,"利夫,你在做什么?"他用嘴叼起一块小碎片放到我面前。当我在打扫卫生时,他又叼起一张放在我手心,接着一张又一张。

手术当天

手术前,护士问我,"现在还有点时间,你想出去见见你的家人吗?"她刚把静脉舒张袜穿在我腿上,这是我术前的最后准备步骤。我点点头。不管此时我的穿着是多么傻的标准"医院套装",外加腿上的绿袜子,但我渴望看到那些熟悉的面孔,还想与我生命中最重要的人说说话。

利夫在我住院期间都在他最喜欢的狗狗寄养中心,琳达住在附近的宾馆。中心的工作人员对利夫非常好,每次看到它都热情大喊"利夫,利夫,利夫"。他们有一个大屏幕滚动播放《动物星球》,利夫在那儿就和在家里一样。自从我入院准备手术后,利夫的身影总是会时刻浮现在我脑海,仿佛我们就算隔着数英里心依然连在一起。护士带着我去候诊室,我一眼就看到了琳达。此时见到她,我分外激动,她也为这仅有的几分钟感到兴奋不已。同时还有我的女儿苏珊,妹妹盖尔,我的母亲波比,她们从亚特兰大飞来为我加油打气。我的两位挚友阿琳和奥布里也在候诊室陪我。和大家紧紧地拥抱过后坐在琳达身旁,我看到旁边的鱼缸时,脑海中又浮现了利夫的脸。虽然只是短短一瞬间,但我看到它像之前那样叼起了地上的碎纸片。它看上去开心极了,我也很高兴能够在这时见到它。

  大家的关心虽说并没有减缓我对现状的焦虑,但依然很感谢他们为我做的一切。这起事件让我感受到了神圣之灵的保佑,和他们坐在一起却又让我想起了那个与众亲人朋友永远分离的噩梦。我现在对未来仍然毫无把握,完全不知道今后的命运如何。我和大家一一拥抱别离后,护士带着我回到术前准备区。我躺在病床上,护士给我盖了一条保暖的毛毯,穿着蓝色工作服的麻醉师在我手臂上插了静脉注射管,解释说是为了手术时检测血压和心率。一位灰色胡子戴眼镜的男子为我另一只手臂接管,随口问起我是做什么的。我告诉他我和妻子是专门撰写人与动物之间情感书籍的作家,男子说他家的狗与家人之间感情非常深厚,尤其是和他儿子。我被推到了手术室,几双强有力的胳膊将我抬上了手术台。我知道自己很快将失去意识,看着手术室里闪烁的蓝白光,我忽然有一种被保护的安全感。虽然此前我感到恐惧,可此时此刻我却无比的平静。我看着麻醉师将氧气面罩慢慢套在我头上,灰胡子男子轻声说:"放心吧,我们一直在这儿陪着你。"这时我又看到了利夫的脸,就像在候诊室看到的那样,我以为是麻醉剂的原因,可是画面感非常逼真——我这可爱的可卡犬紧紧地咬着一张纸,就像之前他在家里撕碎的小纸片。我看不清楚究竟是怎样的一张纸片,在潜意识里,或说在我的梦里,我拿到了这张纸片——这不是普通的纸,这正是我梦中的门票。利夫给我带来了属于我的门票,一切都会好起来的。我会从手术后苏醒和我的亲朋一同进入生命之屋。戴上面罩,我开始平静地呼吸。

黑暗逐渐退去。

利夫助我康复

手术非常成功,一周后我回到家里休养。一天下午,我和利夫、琳达坐在沙发上喝茶,利夫把头轻轻地放在我膝盖上。我看着他,觉得他是我生命中了不起的存在。

我们从动物收容所将无依无靠的利夫抱回家,帮助他战胜了恐惧和哀伤,用最诚挚的关爱给了他一个温暖的家。接着,在我生命中最无助的时刻,他像天使一样拯救了我,将神圣的门票递给了我。

利夫是个大英雄,是我的好朋友,他时时刻刻都帮助着我恢复健康。

惬意的生活——狗公园,玩耍,日复一复的幸福常态。

读后感

狗狗为你传递过不可思议的讯息么?

后　记

　　这本讲述人犬情深的故事书就此完结，不禁让我们感到意犹未尽。尽管当今关于动物存在着许多负面新闻，但本书中的故事还是给我们带来了满满正能量。

　　服务犬及其他动物能为人类提供的帮助不胜枚举，它们有着非凡的嗅觉和听觉，公正地对待苦难众生，同时它们还具备着无私奉献的高尚品质。虽然有时是为了讨点儿零食，但绝大多数情况都是它们发自内心的爱与忠诚。

　　在收集整理投稿人的故事时，我们再一次被人与狗之间情逾骨肉之情所感动，仿佛狗总能完成主人的各种要求。美国三分之二的家庭养有宠物，其中将近7500万个家庭的宠物是狗，这是史无前例的——狗能够在人类家庭充当如此重要的角色。与人类近距离的接触中，狗展示了惊人的理解力和毫无保留的关爱。我们的犬伴侣生来就能够为自己找准定位，我们可以通过观察它们的举止来参悟人生的意义。

　　为什么狗是如同天使一般的存在？

　　天使是上帝的使者，当人类遇到麻烦或经历苦难时，它们会现身帮助人类摆脱困境。我们将狗比作天使,是因为它们带来最纯真的爱,在我们感到无助迷茫时及时伸出援手;尽管它们生命短暂,但它们的精神长存于这个世界。

那么所有的狗狗都称为天使吗?狗和人类一样有着能力高低之分,但它们纯真的性格却都是如出一辙。在充满暴力和邪恶的地方,狗向人们传达饱受苦难的讯息。当人们拥有了优雅尊贵的生活,狗指引了通往仁爱信仰的道路。即使有的人的生活陷入了最低谷,狗也在不断挑战自身极限,通过系统的训练来帮助人们的生活起居。

在这个人类主导的世界,许多人都忘记了我们并不是地球上唯一的生物。其实和狗以及其他动物相比,我们才是初来乍到的新型物种。我们与其控制占领,不如好好珍惜这些地球上的先知们。希望本书能够使大家对于狗狗们有一个更为深刻的感性认识,而不是仅仅通过呆板数据研究来反映狗具备的能力。

狗狗会通过摇摆尾巴表示由衷的喜悦之情,它们的内心深处始终有为人类服务的意识。它们如同在人间的天使,使得我们的生活更加美好。